Oscar bestsellers

D1666574

di Andrea Camilleri

nella collezione Oscar

Gli arancini di Montalbano
Il colore del sole
Il diavolo, certamente
Gocce di Sicilia
Le inchieste del commissario Collura
Il medaglione
Un mese con Montalbano
La paura di Montalbano
La pensione Eva
La prima indagine di Montalbano
Racconti di Montalbano
Racconti quotidiani
Un sabato, con gli amici
La scomparsa di Patò
Il tailleur grigio
Troppu trafficu ppi nenti (con Giuseppe Dipasquale)
Voi non sapete

nella collezione NumeriPrimi°

L'intermittenza

nella collezione Varia di Letteratura

Camilleri legge Montalbano
(libro e 2 cd audio)

nella collezione I Meridiani

Romanzi storici e civili
Storie di Montalbano

ANDREA CAMILLERI

IL DIAVOLO, CERTAMENTE

OSCAR MONDADORI

I edizione Libellule gennaio 2012
I edizione Oscar bestsellers gennaio 2013

ISBN 978-88-04-62591-9

Questo volume è stato stampato
presso Mondadori Printing S.p.A.
Stabilimento NSM - Cles (TN)
Stampato in Italia. Printed in Italy

Anno 2018 - Ristampa   2 3 4 5 6 7

IL DIAVOLO, CERTAMENTE

1

I due più grandi filosofi contemporanei, come tali universalmente riconosciuti, stimati, onorati e ognuno con larga schiera di seguaci fieramente avversi l'un l'altro, sono coetanei ma di diversa nazionalità e in vita loro non si sono mai conosciuti di persona. Uno si chiama Jean-Paul Dassin: francese, nato in una ricchissima famiglia dell'alta borghesia industriale, ha studiato nelle più esclusive scuole del suo paese e si è concesso il lusso di seguire le lezioni dei maestri che più l'interessavano in Europa e in America. Ottimo parlatore, brillante conversatore, uomo di mondo, Dassin è l'idolo dei salotti intellettuali, quotidiani e riviste si disputano i suoi articoli così come le tv le sue apparizioni, e le lezioni alla Sorbona assomigliano spesso a una prima teatrale di gala. I suoi testi filosofici più noti, *La coscienza felice* e *Il Tempo nello spazio dell'Essere*, sono diventati degli autentici bestseller. Non averli nella propria libreria, anche se nemmeno sfogliati, sarebbe segno di mancanza di cultura. Nel suo castello in Normandia organizza spesso a proprie spese convegni filosofici internazionali ad altissimo livello.

Il secondo è Dieter Maltz, figlio di poveri contadini della Bassa Baviera che non avevano il denaro sufficiente nemmeno per farlo andare alle scuole elementari. Gli venne in soccorso uno zio calzolaio, ma appena arrivato alle scuole superiori Dieter divenne autonomo, vuoi perché cominciò a razziare tutte le borse di studio a portata di mano vuoi perché non disdegnò di arrotondare facendo lavoretti extra come il cameriere, il guardamacchine, il lavavetri. All'università, l'incontro con la filosofia fu per Dieter come un colpo di fulmine. La sua tesi di laurea, un'analisi estremamente critica della nozione di tempo in Heidegger, gli valse la pubblicazione. Schivo, appartato, scorbutico, mai voluto apparire in tv, mai un articolo per un giornale, fotografato raramente di sfuggita e a sua insaputa, Dieter Maltz è stato raggiunto lo stesso dalla fama soprattutto per la sua opera capitale, *Crisi e apologia della ragione*. Malgrado la notorietà, ha continuato a vivere nella povera casa contadina dei genitori, appena appena riaggiustata. Non ha mai partecipato, anche perché mai invitato, ai convegni nel castello di Dassin.

Così come le loro vite, anche le loro concezioni filosofiche sono diametralmente opposte, però mai i due si sono apertamente scontrati.

Sì, qualche stilettata polemica di Dassin verso Maltz è apparsa in alcune note a margine del suo ultimo libro, *La Calma e il Furore*, e lo stesso ha fatto Maltz nel volume *La Porta e l'Ariete*. Niente di più. I due sembrano volersi ignorare.

Scrivono in modo abissalmente diverso. Tanto Dassin è lineare, luminoso, brillante, spesso ironico, quanto Maltz è tortuoso, oscuro, massiccio, privo d'ogni traccia d'ironia. Il pensiero di Dassin arriva dritto come una freccia, quello di Maltz fa un percorso sinuoso, non facilmente decrittabile.

Dassin si è anche divertito a scrivere tre romanzi che hanno avuto un successo mondiale, soprattutto il primo, intitolato *Il Vomito*.

Un giorno comincia a correre la voce che l'Accademia di Svezia sarebbe orientata ad assegnare il Nobel per la letteratura a Dassin per la sua produzione letteraria. Visto che il Nobel non ha un'apposita sezione per la filosofia, si tratta di un chiaro escamotage per dargli comunque il premio e riannodare certi rapporti politici con la Francia che negli ultimi tempi hanno incontrato manifeste difficoltà.

L'atteggiamento dei letterati francesi non è entusiasta, è quello di far buon viso a cattivo gioco. La più nota rivista culturale fa un titolo che parafrasa il detto italiano "a caval donato non si guarda in bocca". Il venerato decano dei critici letterari scrive però un articolo al vetriolo che demolisce i tre romanzi di Dassin e termina con questa frase: "Che ne pensa dell'eventuale Nobel per la letteratura a Jean-Paul Dassin il grande Dieter Maltz? Sono del parere che, nel suo eremo, se la stia ridendo".

L'articolo del decano fa un enorme scalpore e non solo in Francia. Al punto tale che dall'Accademia di Svezia arriva un secco comunicato nel quale viene dichiarato che nulla è stato ancora deciso, i nomi dei candidati che circolano sono pure e semplici supposizioni seppure non prive di fondamento.

Il comunicato è ambiguo, e Dassin lo interpreta giustamente come una battuta d'arresto, un momento di perplessità degli accademici.

Il ministro degli Esteri, che si onora di essere amico di Dassin, prende contatto col suo collega tedesco pregandolo di far sì che Maltz non intervenga nel dibattito. La sua neutralità, espressa non rispondendo alla domanda posta dal decano francese, sarebbe oggettivamente un punto a favore di Dassin. Il ministro tedesco si reca personalmente a trovare Maltz nella sua casa disadorna che odora di cavoli bolliti. L'incontro dura appena dieci minuti, il ministro, entrato sorridente, esce scuro in volto. Pare che Maltz gli abbia detto che non aveva nessuna intenzione di intervenire, ma che quell'indebita pressione gli ha fatto cambiare idea.

Nel giro di una settimana Maltz divora i tre romanzi che prima si era ben guardato di comprare e leggere, poi sta a pensarci su e infine scrive un lungo articolo per il più diffuso quotidiano tedesco, che ne pubblica la parte iniziale addirittura in prima pagina e con grande rilievo. Per la prima volta in vita sua Maltz ha deciso d'usare l'arma dell'ironia.

I tre romanzi gli sono parsi addirittura abominevoli e ha deciso di stroncarli facendo ricorso all'iperbole, mettendo Dassin sullo stesso piano di Goethe e di Mann. Suggerisce lui stesso il titolo: *Perché non si può non dare il Nobel a Dassin*.

Ma l'ironia è un'arma tagliente come la spada, se non la si sa usare o se ne è poco pratici, si rischia di ferirsi invece di colpire l'avversario. Infatti l'ironia di quell'articolo nessuno la coglie, tutti prendono per autentici gli sperticati elogi, i complimenti stratosferici, i paragoni supremi.

O almeno quelli che così sembrano, perché l'articolo, tra

l'inesperienza giornalistica dell'autore e i tagli che il giornale ha dovuto fare per l'eccessiva lunghezza, risulta di ardua lettura.

Ad ogni modo, il titolo sembra chiarire il contenuto. E così gli accademici svedesi, considerando l'intervento di Maltz decisivo, rompono gli indugi e proclamano Dassin vincitore del Nobel per la letteratura.

2

Giulio Dalmazzo, capo di gabinetto del prefetto, quella sera rincasò presto dall'ufficio. Sua moglie Clelia e i suoi due figli, Andrea ed Elisa, l'aspettavano per festeggiare il suo cinquantesimo compleanno. Ci sarebbero stati anche Michela, amica dai tempi delle elementari, e suo marito Franco.

Uomo di cristallina onestà, riservato ma non scostante, alquanto severo con se stesso e con gli altri, Giulio veniva giudicato come una persona sostanzialmente noiosa, assolutamente priva di fantasia. Una volta aveva ammesso, ed era vero, che non aveva mai letto un romanzo. La sua vita, da quando poco più che trentenne si era sposato, era andata avanti monotona e tranquilla come un treno sui consueti binari. Del resto Clelia era a lui speculare, che i giorni scorressero eguali in una ripetizione di gesti e di parole le dava sicurezza, la faceva sentire protetta da ogni sgradevole disordine.

Quella sera, in un momento in cui rimasero soli, Michela sussurrò a Giulio:

«Sai? Oggi ho rivisto Anna.»

Sulle prime, Giulio non capì a chi si riferiva Michela.

Anna? E chi era? Stava per chiederglielo, ma l'arrivo di Clelia con la torta glielo impedì. Se ne ricordò nel preciso momento in cui soffiava sulle candeline. Le quali non erano cinquanta, ma solo due, una a forma di 5 e una a forma di 0. Eppure il fiato non gli bastò per spegnerle. Per fortuna, nessuno s'accorse della leggera vertigine che l'aveva colto.

Quella notte non riuscì a dormire. Se ne stava disteso, immobile per non recar disturbo a Clelia, mentre avrebbe voluto girarsi e rigirarsi per scansare i ricordi che lo colpivano da tutti i lati e penetravano come frecce dentro la sua carne indifesa.

Sì, perché questo era stato sostanzialmente il suo rapporto con Anna, una travolgente passione carnale durata due anni, e nient'altro. Si erano conosciuti all'università, lei iscritta al primo anno di Legge e lui già laureato e da tempo assistente del professore di Diritto penale. Era stata lei a prendere l'iniziativa, a rompere la corazza di riservatezza dentro la quale lui usava rinserrarsi in presenza degli altri. D'altra parte, era arduo resistere alla bellezza di lei, alla sua vitalità prorompente, alla sua risata solare. Lui abitava da solo in un appartamentino in affitto, i suoi genitori vivevano in un'altra provincia. Anna era orfana e ricca, aveva un tutore che si disinteressava di lei. Un mese dopo il loro primo incontro, aveva lasciato l'appartamento di sua proprietà e si era trasferita in casa di Giulio. Per due anni, dentro quello spazio e in ogni momento della giornata, i loro corpi irresistibilmente si erano attratti quasi fossero calamitati. Presero l'abitudine di cenare nudi, Anna sulle ginocchia di Giulio. Così stavano anche quando lei studiava e lui via via le spiegava quello che non le era chiaro. Raramente uscivano con gli amici, lo ritenevano tempo sprecato, rubato al loro amarsi. Il rapporto si era interrotto di colpo, dalla sera alla mattina, senza un motivo, forse perché erano talmente saturi l'uno dell'altra da avere avuto una sorta di rigetto reciproco. Una mattina lei fece la valigia mentre lui stava a guardarla senza parlare e se ne tornò a casa sua. Dopo non si erano più rivisti, anche perché lui aveva vinto un concorso, aveva abbandonato l'assistentato ed era entrato a far parte dell'amministrazione statale.

Aveva cancellato il ricordo dei giorni trascorsi con Anna soprattutto perché a poco a poco quel periodo della sua vita sempre più gli si era andato configurando come una specie di obnubilamento della ragione e l'abbandonarsi quasi animalesco al piacere dei sensi. Un momento di debolezza che non si sarebbe più dovuto ripetere. E così era stato.

Non si stupì, la mattina seguente, d'essere andato a cercare in un cassetto una vecchia agenda tascabile. Il flusso dei ricordi era stato troppo travolgente. Il numero di telefono della casa di Anna c'era, ma dopo vent'anni era altamente improbabile che fosse ancora lo stesso. E poi tante cose potevano essere accadute, forse la casa ora apparteneva ad altri oppure Anna si era sposata ed era andata a vivere col marito... Si mise in tasca l'agenda e uscì per recarsi in ufficio. Sentiva acuto il bisogno di chiamarla solo per risentire la sua voce. Le avrebbe chiesto come stava e poco dopo avrebbe chiuso la telefonata. Ma quando allungò la mano verso il telefono, quello che stava facendo gli sembrò ridicolmente infantile. E poi erano le nove, troppo presto. Desistette. A mezzogiorno però capì che la telefonata andava fatta se voleva dare requie per sempre alla memoria.

Il numero sull'agenda non aveva il prefisso, a quei tempi ancora non c'era.

Compose con lentezza le cifre e il telefono cominciò a squillare. Suonò a lungo, a vuoto. Stava riattaccando il ricevitore quando una voce maschile disse:

«Pronto? Chi parla?»

«Sono Giulio Dalmazzo. Cerco la signora Anna Vincenzi.»

Chissà qual era il suo cognome, adesso, se si era sposata.

«Un momento. Vedo... le domando se è lei» disse l'uomo.

Sembrava perplesso. Giulio lo diventò. Che significava quella frase? Com'era possibile che chi aveva risposto al telefono non sapesse se Anna era Anna?

«Pronto, Giulio? Sei tu?»

La sua inconfondibile, amata voce.

«Sì.»

«Come... ma come diavolo hai fatto a sapere che mi trovavo qui?»

Era sbalordita. Giulio si stupì a sua volta.

«Perché? Dove ti trovi?»

«Sto visitando un appartamento che vorrei comprare. È la prima volta che vengo qua. Che numero hai fatto?»

«Quello tuo di vent'anni fa.»

«Ma il numero di questo telefono è completamente diverso! Ce l'ho sotto gli occhi perché è scritto sull'apparecchio. Non c'è una cifra, una sola, che corrisponda!»

Un caso. Qualcosa d'incredibile, d'irreale. Una probabilità su miliardi e miliardi. Ma era accaduto. E se era accaduto, doveva ben significare qualcosa.

«Sono spaventata» disse Anna ansante, come sull'orlo di un abisso.

«Anch'io.»

Poi Giulio chiuse gli occhi, respirò a fondo e si tuffò in quello che sapeva sarebbe stato il suo incerto ma ineluttabile futuro, dando un addio a Clelia e ai figli, alla tranquillità domestica, alla carriera.

«Vogliamo vederci?» domandò.

«Ora dobbiamo» rispose Anna.

3

Mario sa di star infrangendo le regole del combattente clandestino, ma non è più capace di tornare indietro. Tre mesi prima un suo cugino, incontrato casualmente, gli ha detto che Stefania, sua moglie, ha dato alla luce una bambina e che Giuliana, l'amica del cuore, le ospita a casa sua.

Per novanta giorni ce l'ha fatta a resistere al travolgente desiderio di conoscere questa sua figlia, l'unica, ma poi, una mattina, tutte le sue difese sono crollate all'improvviso. Esce da casa. Fa freddo, alza il bavero del cappotto anche per cercare di nascondere il volto. Il nemico non possiede delle sue foto, infatti ha fatto affiggere molti manifesti con un indentikit che gli somiglia poco. Perché sul suo capo pende una grossa taglia. Ma comunque, è sempre bene prendere delle precauzioni. Il suo preciso compito, nella resistenza, è quello di sabotare le linee di comunicazione, perciò è solito agire di notte, sfidando le ronde durante il coprifuoco. Ha quasi perso l'abitudine di muoversi alla luce del giorno, il traffico diurno lo frastorna. Finalmente entra nel cortile del caseggiato popolare dove vive Giuliana. Si sente abbastanza tranquillo, in precedenza lì c'è stato solo due volte e poi da quelle parti è difficile che ci sia qualcuno che la pensi diversamente da lui. Va alla scala B, l'appartamentino di Giuliana è al terzo piano. Bussa e gli viene ad aprire proprio sua moglie Stefania. Che, al vederlo, sbianca, sta per svenire. Mario la sorregge, la spinge dentro, chiude la porta. Si tengono abbracciati a lungo, ogni tanto si staccano quel poco che basta per baciarsi.

«Dov'è?» domanda poi.

«Di là» dice Stefania. «Dorme.»

«Che nome le hai messo?»

«Maria. Per te.»

La bambina è nella camera da letto, in una culletta. Mario si china a guardare, commosso. La bambina si è svegliata e tiene gli occhi fissi davanti a sé. A Mario sembra bellissima.

«Maria!» la chiama.

La bambina allora volta la testa verso di lui, la fronte aggrottata. È la prima volta che sente quella voce.

Mario allunga il braccio, protende l'indice, lo fa passare e ripassare davanti agli occhi di sua figlia. La quale, dopo qualche tentativo andato a vuoto, riesce ad afferrarglielo con tutta la manina e se lo tiene stretto. A quel contatto, Mario si sente invadere da una sorta di serenità interiore, spariti i timori e le ansie, scomparsa la paura diventata sua compagna indivisibile, anche se è riuscito sempre a dominarla. Però non può ancora trattenersi lì, sarebbe pericoloso per Stefania e la bambina. Con estrema delicatezza libera il dito dalla stretta delle altre minuscole dita, bacia sua moglie in lacrime, se ne va.

Giunge alla fermata del tram per tornarsene nel suo rifugio. C'è poca gente in attesa. A un tratto arriva un camion del nemico, si ferma, ne scendono sei soldati armati, cominciano a controllare i documenti dei presenti. Una ragazza viene fatta salire a forza sul camion mentre si dibatte e piange. Mario consegna la sua carta d'identità falsa a un graduato, ma non è inquieto, quella carta è già stata sottoposta a numerosi controlli e non ha mai fatto nascere sospetti. Invece il graduato intasca la carta d'identità e grida un ordine. Due soldati s'avventano su Mario, lo perquisiscono, lo fanno salire sul camion mitra alla schiena. Viene portato al comando della polizia militare. Dopo tre ore di attesa lo sospingono dentro un ufficio dove c'è un capitano che sulla scrivania tiene bene in vista il documento sequestrato e il manifesto con l'identikit.

«Tu non ti chiami Vito Chiesa, ma Mario Consoli» dice il capitano.

Mario fa la faccia stupita, nega, ribatte, scongiura, s'indigna, supplica, piange sostenendo d'essere Vito Chiesa e di fare l'idraulico. A un certo punto il capitano ordina a un soldato di condurlo in cella. Quella notte stessa lo prelevano, lo fanno entrare in una macchina, partono. Mario riconosce il portone davanti al quale si fermano, lì c'è una tristemente famosa ex pensione requisita dal nemico. In quelle stanze i prigionieri vengono sottoposti a torture efferate perché parlino. È un'eventualità che Mario ha previsto e alla quale si è, in un certo qual modo, preparato.

Lo mettono in uno sgabuzzino in cantina, senza luce, senza pagliericcio, solo un paiolo per i bisogni. Dopo tre giorni Mario teme che se lo siano dimenticato, non gli hanno mai dato da mangiare o da bere. Alla sera del terzo giorno gli passano un tozzo di pane e una brodaglia schifosa. A mezzanotte lo prelevano, lo portano dentro una camera insonorizzata, lo torturano sistematicamente per tre ore di seguito. Alla fine un tenente gli chiede il nome di almeno tre compagni. Se li dice, sarà rimesso in libertà.

Mario risponde che non ha compagni. Lo riportano giù trascinandolo per le braccia, dato che non sta in piedi. Mario, malgrado tutto, è soddisfatto di sé. Mentre lo dilaniavano, ha capito d'un tratto che l'unica possibilità di resistere era data nell'annullamento di sé come uomo fatto di pensieri, affetti, interessi, ricordi. Consegnare nelle mani del nemico solo un pezzo di carne. Ha funzionato, tanto che se si fosse deciso a parlare non avrebbe potuto fare i nomi dei compagni perché non esistevano più nella sua memoria. Nei giorni seguenti, riesce così a sopportare torture sempre più terribili, non ha denti né unghie, gli sono stati estratti con le tenaglie, ha tre costole rotte, da un occhio non ci vede. Il dolore gli impedisce il sonno, ogni tanto cade in un torpore febbricitante. Riesce a trangugiare la brodaglia, il pane non è in grado di masticarlo. Se lo mangiano i topi, che si sono moltiplicati, gli camminano tranquillamente addosso. Poi, una volta che è stato riportato nello sgabuzzino privo di sensi, gli capita, nel confuso riemergere della coscienza, di credere che sua figlia gli stia tenendo stretto il dito indice. Infatti quel dito è l'unico pezzo di sé che sente caldo e vivo, tutto il resto del corpo è in preda a un freddo mortale. Nel buio, con la mano sinistra si tocca la mano destra e incontra qualcosa di peloso che corre via. Un topo si era posato sul suo dito e gli aveva dato calore. Per la prima volta, Mario si mette a piangere. Perché sa che non riuscirà più a dimenticare quella sensazione di felicità, che quella sarà il varco dal quale, durante il prossimo interrogatorio, irromperanno memorie e affetti. Impossibile annullarsi, resistere. Sa che è perduto, che ineluttabilmente farà i nomi che gli chiedono. E infatti, il giorno appresso, dopo un'ora di tortura, si mette a gridare che la smettano, che parlerà. Viene preso e portato nell'ufficio del tenente. Rivela i nomi di tre suoi compagni, dà l'indirizzo del loro abituale punto di ritrovo. Lo riportano nello sgabuzzino. Dopo un'ora la porta si apre e compare un graduato.

«Vieni. Ti rimettiamo in libertà. Ma prima passiamo dall'infermeria, così sarai più presentabile. Alzati, esci e cammina davanti a me.»

Mario non sapeva d'avere ancora tanta forza, forse è l'idea che presto rivedrà Maria a infondergliela. Mentre cammina lungo il corridoio, appoggiandosi con una mano alla parete, il graduato estrae la pistola e gli spara alla nuca.

4

Gianni è un ladro d'appartamenti. Abilissimo, lavora in genere durante l'estate, quando le case rimangono vuote a causa delle vacanze. Certo, ci sono le porte più che blindate, gli allarmi, i guardiani notturni, le trappole elettroniche, ma Gianni, in vent'anni d'attività, ha acquistato un'esperienza tale da fargli schivare tutti i pericoli. Si autodefinisce, compiacendosene, un ladro puro, perciò non ha mai voluto portare un'arma con sé.

L'appartamento dove quella notte è entrato, dopo averne neutralizzato le sofisticate e costose difese, è chiaramente abitato da un uomo assai ricco.

Non c'è traccia di una presenza femminile, il proprietario o è scapolo o si è diviso dalla moglie. I quadri, certamente d'autore, appesi alle pareti non gli interessano. Lui ruba piccoli oggetti di valore che i proprietari non usano portarsi appresso e che spesso rinchiudono in una cassaforte nascosta. La prima cosa da fare perciò è scoprire dove si trova. Normalmente, ci mette pochi minuti. La cassaforte in genere è celata dietro un quadro, un ripiano coperto di libri, uno specchio. Questa no, non si fa trovare. Eppure deve esserci, Gianni lo sente a fiuto. Finalmente la scopre in cucina, dietro il secchio della spazzatura, accanto alle tubature del lavello. Ingegnoso, bisogna riconoscerlo. Gianni gongola. Se l'hanno messa lì, è segno che deve contenere qualcosa di molto valore.

L'apre dopo un'ora di lavoro, la combinazione era difficilissima. Dentro c'è una scatola da scarpe. Solleva il coperchio, scorge tre grosse mazzette di banconote da centomila lire. Bel colpo, può bastare. Infila la scatola nel piccolo trolley che contiene anche gli strumenti di lavoro ed esce indisturbato.

Veste sempre bene e perciò a quell'ora è un signore qualsiasi con una valigia che arriva al posteggio più vicino e dà un indirizzo al tassista. Che non è quello di casa, corrisponde a una via parallela a quella dove c'è la sua abitazione. Il resto di strada se lo farà a piedi, meglio essere prudenti.

Nel suo appartamento, apre la scatola, prende le mazzette. Ogni mazzetta è da cinquecento milioni. In tutto, un miliardo e mezzo. Uno dei colpi più fortunati della sua carriera. Oltretutto quel denaro è al netto del ricettatore.

Poi s'accorge che dentro alla scatola c'è ancora qualcosa. È una busta bianca, grande, che aderisce interamente al fondo. L'estrae, l'apre. Dentro ci sono due negativi e due normali buste da lettera. Guarda i negativi controluce. Rappresentano due momenti di uno stesso atto. Un uomo e una donna sopra un letto, nudi, che fanno l'amore. L'uomo è di schiena, il volto della donna invece è chiarissimo. La prima busta è indirizzata al proprietario dell'appartamento appena visitato, ha letto la targhetta sul citofono e accanto alla porta, Ing. Dario Regoli, e sul retro c'è scritto il mittente: Claudia Risi, via Arenula 23. Legge la lettera, che è brevissima.

Dopo aver ceduto al tuo infame ricatto ho atteso invano i negativi. Ti supplico, fammeli avere.

La seconda busta è identica alla prima. La lettera dice:

Nemmeno stavolta mi hai fatto avere i negativi. Sappi che ti ho dato il mio corpo per l'ultima volta. Non lo farò mai più. Sei un essere disgustoso, un farabutto. Distruggi i negativi e non mi tormentare più.

Ma i negativi sono sempre lì e questo vuol dire che l'ingegnere intende ancora sfruttarli. Guarda le date del timbro postale, l'ultima lettera risale a una settimana prima. Ha ragione quella povera donna, l'ingegnere è proprio un bel mascalzone. Si compiace d'avergli levato, sia pure casualmente, la possibilità di continuare il ricatto. Decide all'istante di far avere i negativi alla donna. Così come le rapine in banca, anche il ricatto gli ripugna. Ma come fare? Spedirglieli anonimamente sarebbe un azzardo, se è sposata, la lettera potrebbe andare a finire tra le mani del marito. Oppure lei potrebbe attribuirla a una resipiscenza dell'ingegnere e questo proprio non gli va.

L'indomani mattina, all'ora di pranzo, è davanti al portone di via Arenula 23. Dal citofono risulta che all'interno dodici abita l'avvocato Sergio Risi. Dev'essere il marito. Risponde una voce femminile.

«C'è l'avvocato?»

«Sì. Chi è?»

Non replica, s'allontana. Va a mangiare nel primo ristorante che trova. Perde tempo fino a quando non si fanno le quattro. Torna in via Arenula. Il portone ora è aperto, il portiere sta spazzando l'ingresso.

«Desidera?»

Gianni tende la mano. Il portiere fa lo stesso e si ritrova con cinquantamila lire che s'affretta a intascare.

«Mi dica.»

Gianni gli dice quello che vuole. Il portiere non ha nulla in contrario.

Gianni si piazza nel bar di fronte, ordina un caffè, poi un altro. Dopo una mezzora una bella donna più vicina ai trenta che ai quaranta, alta, bionda, elegante, esce dal portone. Dietro di lei, il portiere si leva il cappello, si gratta la testa. È il segnale convenuto.

Gianni, che ha pagato le consumazioni in anticipo, la raggiunge, l'affianca.

«Signora...»

Ma quella equivoca, non lo guarda nemmeno.

«Vada via.»

«Signora, la prego, mi stia a sentire.»

«Se non mi lascia in pace, chiamo una guardia» dice la donna affrettando il passo.

Gianni non sa che fare, poi ha un'ispirazione.

«Le devo parlare dell'ingegner Regoli.»

È come se le avesse dato una mazzata in testa. La donna diviene pallidissima, non può più fare un passo, per stare dritta deve appoggiarsi con le spalle al muro.

«Che vuole... lui... ancora da me?»

Ha la voce rotta, trattiene a stento il pianto. Gianni ne ha una grande pietà.

Le si avvicina fino a poterle sussurrare:

«Signora, sono un ladro. Sono andato a rubare in casa

dell'ingegnere. Ho qui con me le lettere e i negativi. Se li riprenda.»

Ha messo il tutto in un'unica busta. La donna ha capito, ma non è in grado di muoversi. Allora Gianni le prende la borsetta, l'apre, vi caccia dentro la busta, gira sui tacchi e se ne va. Fatti un po' di passi, si volta. La donna ha ripreso a camminare, ancora insicura sulle gambe. E in quel preciso momento due giovinastri a bordo di un motorino s'avventano su di lei, le scippano la borsetta, fuggono a tutto gas.

5

Tonino, dodicenne, detesta la nonna paterna Ersilia nella cui casa è costretto a vivere da tre anni assieme al papà e alla mamma. È successo quando papà ha perduto l'impiego e da allora non è riuscito a trovarne un altro. Di conseguenza hanno dovuto lasciare la casa che avevano in affitto e trasferirsi in quella di nonna Ersilia, che è vedova, in attesa di tempi migliori.

La nonna si è rivelata subito una tiranna, soprattutto nei riguardi della nuora. Tonino ha carpito, da alcuni discorsi dei suoi genitori, che la nonna non voleva quel matrimonio, stimava poco la futura nuora, e ora che i fatti sembrano darle ragione, si sta impietosamente vendicando. E quante volte Tonino ha sorpreso sua madre distesa bocconi sopra il letto, la faccia affondata nel cuscino, per non far sentire il suo pianto desolato!

All'arrivo della nuora, la nonna ha licenziato la serva per fare in modo che tutto il mantenimento quotidiano della casa gravasse sulle spalle della nuova arrivata. E quando trova qualche minuzia che non va, la rimprovera aspramente:

«Se non fosse per me, ora sareste in mezzo a una strada!»

Non perde occasione per rinfacciarle tutto, il pasto, il letto, l'aria. Certe volte, di notte, Tonino, che dorme nella stessa camera dei genitori, sente che discutono a bassa voce ma animatamente. La mamma è arrivata a dichiarare che non ce la fa più a reggere, che se papà non interviene con sua madre lei un giorno o l'altro se ne andrà via da casa. Papà ha più volte promesso che parlerà con sua madre, ma non l'ha mai fatto. In realtà non ne ha il coraggio e poi a ogni primo del mese la nonna gli fa trovare nella tasca della giacca il denaro bastevole per i suoi vizietti, il fumo, il caffè e l'aperitivo con gli amici. Solo col figlio ha queste liberalità, per il resto è spaventosamente avara. L'olio, a tavola, è lei a versarlo nei piatti degli altri, tre gocce e via. Le fioche lampadine vengono accese quando è già buio fitto. Una volta che ha sorpreso Tonino a prendere un pezzo di spago usato dalla scatola dove li raccoglie, è successo il finimondo perché non le aveva chiesto il permesso.

Tonino, a scuola, è bravo. I suoi voti oscillano tra il sette e l'otto. Ma nonna non è mai soddisfatta. Una volta, per un sei in un compito scritto, gli ha dato un ceffone. Non la sopporta più, vorrebbe vederla morta.

La nonna ha settant'anni, dice che ha uno scompenso cardiaco e per questo prende la mattina delle gocce prescritte dal medico. Ma sembra stare benissimo, altrimenti non potrebbe gridare e rimbrottare da mattina a sera.

Spesso Tonino, mentre sta facendo i compiti, viene interrotto dalla nonna:

«Vammi a comprare un pacchetto di caramelle al miele.»

E mai che gliene dia una.

Oppure c'è da andare in farmacia, dal giornalaio, dal pizzicagnolo.

Un giorno il suo compagno di banco è assente. Ritorna dopo tre giorni, il lutto al braccio.

«Che ti è successo?»

«Mi è morta la nonna paterna. Sapessi com'era buona! E quanto le volevo bene!»

E giù con le lacrime. Tonino gli invidia quel pianto. È un sentimento che gli sarà per sempre negato. Quando nonna Ersilia schiatterà, lui tirerà un sospiro di sollievo. Sarà una liberazione.

Una mattina, tornato dalla scuola, trova a tavola solo la nonna.

«E mamma?»

«Vallo a domandare a tuo padre che ha fatto quella disgraziata!»

Va in camera da letto. Suo padre è coricato, ma è vestito, non si è tolto nemmeno le scarpe. Ha gli occhi rossi.

«Dov'è mamma?»

«È andata via.»

Saprà dopo che mamma è andata a vivere a casa di sua sorella, che le ha messo a disposizione una stanzetta.

Senza la mamma diventa di giorno in giorno più difficile sopportare la nonna.

Certe volte pensa di scapparsene anche lui, di raggiungere la mamma, ma poi non se la sente di lasciare solo papà. Hanno preso l'abitudine di dormire insieme nel letto grande.

E accade che anche papà decida d'andarsene. Una notte gli sussurra all'orecchio il suo proposito. Con mamma andranno a cercare fortuna in un altro paese, per un po' saranno ospiti di un cugino.

«E io?»

«Tu ormai sei grande, sei un uomo. Con noi non possiamo portarti. Resterai qua con nonna, appena possibile verremo a prenderti.»

La nonna piglia come un affronto l'allontanamento del figlio. E si rifà sul nipote, martoriandolo. Ogni tanto esplode contro papà.

«Quando diventerò ricca, da morta non gli lascerò un soldo!»

Già, perché nonna è più che certa che un giorno diventerà arcimilionaria.

Ogni giovedì pomeriggio manda Tonino a fare una giocata al bancolotto. Tonino le consegna la ricevuta che la nonna conserva gelosamente dietro una statuetta della Madonna di Pompei che tiene sul canterano. E ogni volta recita un'*Ave* perché la Madonna faccia il miracolo. La comunicazione dell'estrazione viene data alla titolare del bancolotto alle sette del sabato pomeriggio. Alle sette e mezzo i numeri estratti vengono esposti in un tabellone accanto alla porta del botteghino. Tonino ha il compito di trascrivere i numeri della ruota di Palermo su un foglietto e di consegnarlo alla nonna.

Un sabato, dopo aver pranzato, la nonna, come al solito, va a farsi un riposino. Ma è appena andata via che Tonino la sente urlare:

«Ladro! Farabutto! Vieni qua!»

Tonino accorre.

«Mascalzone! M'hai rubato la giocata! E io ora ti denunzio ai carabinieri.» E giù ceffoni e calci. Ma Tonino sa di non essere stato lui. Perciò, senza schivare quella gragnuola di colpi, si china a guardare sotto il canterano. Infatti la giocata è lì. Tonino la prende, la guarda e poi grida:

«Eccola la tua giocata! Lo vedi che non sono un ladro?»

La getta per terra, va a piangere in camera da letto. Alle sette e mezzo è davanti al botteghino. I numeri estratti sulla ruota di Palermo sono: 21, 44, 63, 74, 80. Tonino, sul foglietto invece scrive 7, 18, 37, 62, 87. I numeri giocati da nonna, che ha letto e mandati a memoria. Lei l'aspetta seduta al tavolo, gli occhiali inforcati, la ricevuta ben spiegata. Tonino le consegna il foglietto e se ne va in bagno. Quando torna, trova la nonna per terra. Le si inginocchia accanto, le poggia la testa sul petto. Nessun battito. Il cuore deve aver ceduto di colpo. La gioia per la finta vincita deve averla stroncata. Si mette in tasca il foglietto, corre a bussare alla porta dei vicini, sforzandosi di imitare il pianto del suo compagno di scuola.

6

L'azienda, quando suo padre, che l'aveva fondata, morì, era una cosuccia modesta, contava appena una ventina d'operai e in un unico capannone ci stavano gli uffici e i macchinari. In dieci anni d'intenso lavoro, Silvestro è riuscito a ingrandirla così tanto che ora tra operai e impiegati i dipendenti superano i cinquecento. I capannoni sono diventati quattro ed è stata costruita anche un'apposita palazzina per gli uffici. Inoltre, da un anno, Silvestro ha aperto una fabbrica in Polonia. La gestione l'ha affidata a una persona competente e sicura, ma lui non passa mese che non vada a dare una controllatina che lo tiene lontano da casa non più di tre o quattro giorni. Certo, Silvestro è stato molto abile, sempre pronto a cogliere le occasioni e a sfruttarle, ma l'abilità da sola sarebbe servita a ben poco se non fosse stato per il matrimonio con Ginevra, figlia di un ricchissimo uomo d'affari. È stato infatti il suocero a prestargli il denaro necessario per attuare i suoi sogni di grandezza. E il suocero gli ha lasciato intendere chiaramente d'averlo fatto solo perché è stata Ginevra a chiedergli d'aiutare il marito. Perché lui vuole che sua figlia, che adora, sia sempre felice. Nessuna nube deve oscurare la sua felicità, ci siamo capiti, caro Silvestro? Nessuna nube. E il caro Silvestro, che ha capito, si è adeguato.

Mariti premurosi come lui ce ne sono pochi in giro. Mai una volta che abbia dimenticato il regaluccio per un compleanno, un onomastico, la ricorrenza del loro matrimonio, e persino i compleanni e gli onomastici del suocero e della suocera ha debitamente festeggiato. Ginevra gli ha dato due figli, Arduino, che è il nome di suo padre, di otto anni, e Pasqualina, che è il nome di sua madre, di sei. Silvestro ha dovuto abbozzare e lasciare che i figli venissero segnati da quei nomi quantomeno desueti.

Silvestro è riuscito persino a mettere a tacere i suoi appetiti sessuali che, prima del matrimonio, erano grossi e difficili da saziare. Per i primi due o tre anni ha supplito con Ginevra la quale, essendo da parte sua poco incline ai piaceri della carne, ha sottostato per puro dovere coniugale. E che quindi ha accolto con sollievo l'inevitabile diradarsi dei rapporti col passare degli anni. Così, da tempo, Silvestro si è venuto a trovare in condizioni di castità forzata. Sa che se un suo eventuale tradimento venisse risaputo, non tanto dalla moglie, ma dal suocero, questo segnerebbe la sua rovina. Il suocero pretenderebbe l'immediata restituzione del capitale e lui non sarebbe in grado di fronteggiare la richiesta. Allora, secondo il patto stipulato, il suocero diventerebbe automaticamente proprietario dell'azienda. E lui si ritroverebbe con le pezze al culo. Silvestro ha saputo tramutare la castità obbligata in energia lavorativa. La sera rincasa stremato, mangia scambiando qualche parola con Ginevra, guarda un po' di televisione e poi corre a coricarsi cadendo in un sonno pesante. Spesso è costretto a recarsi a Roma per riunioni di lavoro o per parlare con ministri e sottosegretari. Viaggia sempre in aereo.

Un giorno invece, a causa di uno sciopero, è costretto a prendere un treno superveloce. Accanto a lui siede una bellissima quarantenne affascinante, elegantissima, con un anello matrimoniale al dito. Ha un profumo non intenso, ma così sensuale che Silvestro si sente ribollire il sangue come non gli capitava più da tempo. Si presentano. La donna si chiama Laura Meneghin ed è di Trento.

«È parente di Eugenio Meneghin, quello della Laminatitrento?» le domanda Silvestro.

«È mio marito. Lo conosce?»

«No, ma abbiamo affari in comune.»

La signora sembra gradire la compagnia di Silvestro. Scoprono che scenderanno allo stesso albergo. Così è più che naturale che prendano assieme un taxi e che si diano un appuntamento per il pranzo. Al momento di salutarsi, le loro mani sembrano non volersi lasciare. A pranzo, si danno appuntamento per la cena. Laura, come saluto, l'abbraccia e gli poggia le labbra su una guancia. Silvestro si trattiene a stento dal mandare tutto al diavolo e passare il pomeriggio con lei. Ma, dopo aver cenato assieme, non riescono a lasciarsi, trascorrono assieme anche la notte, e il giorno successivo, nel pomeriggio, prendono lo stesso treno per il ritorno. Seduti accanto, si sfiorano, si toccano, i loro corpi, malgrado la maratona notturna, non sono ancora appagati. Dovranno assolutamente rivedersi. Ancora una volta, poi tutta la storia potrà finire lì. Ma come fare? A Milano è pericoloso per Silvestro, a Trento lo è per Laura.

«Io» dice Laura, «tra quindici giorni devo andare a Tel

Aviv, a trovare mia sorella. Perché non t'inventi una scusa e vieni anche tu? Potremmo stare tre giorni sempre insieme, tutto il tempo che ci piacerà.»

Silvestro promette che ci sarà. E si mette subito all'opera personalmente per ottenere il visto per Israele, non fa intervenire né segretarie né impiegati, la cosa deve restare segretissima. Riesce, miracolosamente, ad avere in dieci giorni tutte le carte in regola. Lo comunica a Laura. Lei gli dice di farle il biglietto, così potranno avere due posti affiancati.

Silvestro poi avverte la sua segretaria che farà il solito viaggetto in Polonia, che prepari lei l'occorrente. Come data di partenza, le dà la stessa del suo viaggio per Tel Aviv. Poi, la prega, quando lui sarà in Polonia, di chiamarlo solo ed esclusivamente al cellulare se ha cose urgenti da comunicargli, e mai al fisso della fabbrica polacca. Ma comunque, se può evitare di telefonargli, è meglio.

Il giorno stabilito, va all'aeroporto. Vede partire l'aereo per Varsavia. Bighellona per un'oretta, poi ecco Laura. Non resistono a baciarsi appassionatamente in un angolo nascosto. In volo, si tengono per mano.

Intrecciano le dita come anticipo dell'intrecciarsi dei loro corpi. Atterrano. Si presentano sottobraccio al controllo dei passaporti. Il militare al quale Silvestro consegna il suo comincia a fare uno strano balletto con gli occhi. Guarda la foto sul passaporto, guarda la faccia di Silvestro, poi guarda una specie di monitor che ha davanti a sé. Aggrotta la fronte. E a un tratto avviene l'incredibile. Quello dei passaporti estrae il revolver, lo punta sulla coppia, grida come un dannato. Due soldati si gettano su Silvestro che si dibatte, soccorso da Laura. Un fotografo comincia a scattare. Arrivano soldati a frotte, si scatena il caos. Silvestro e

Laura, pesti e sanguinanti, vengono condotti all'ufficio della polizia. Qui Silvestro viene accusato di viaggiare con un passaporto falso, il suo vero nome sarebbe Carlos Ramírez, un terrorista internazionale. Laura è chiaramente la sua complice. Mentre Silvestro e Laura, a tarda sera, sono ancora trattenuti nell'ufficio della polizia, la notizia della cattura di Ramírez e della sua complice fa il giro del mondo, corredata da parecchie foto nelle quali lui e Laura sono riconoscibilissimi.

Ventiquattro ore dopo, chiarito l'equivoco, è in volo verso l'Italia. Laura è rimasta a Tel Aviv. All'aeroporto, la prima persona che vede è il suocero, scuro in volto. E sebbene Silvestro indossi un vestito di gran marca, sente d'avere già le pezze al culo.

7

Da quando, al primo anno d'università, Filippo Greco
ascoltò casualmente una lezione del noto docente di Filosofia morale Pietro Tiraboschi, immediatamente cambiò facol-
tà e s'iscrisse a Filosofia. Aveva trovato la sua strada: sarebbe diventato anche lui un docente, insegnando ai giovani i
valori eterni delle virtù etiche stabilite da Aristotele.

Una volta gli era capitato di leggere un articolo di un pe-
diatra il quale sosteneva che anche i neonati mentono. Ne
aveva sorriso, perché lui era certo di non avere mai detto
una menzogna, mai. A scuola, i suoi compagni delle elementari l'avevano lungamente detestato. Sempre in ordine, mai un litigio, uno sberleffo, una marachella, era portato in palma di mano dai maestri. Al ginnasio, era stato
di frequente oggetto di dileggi. Non aveva mai reagito. Al
liceo, guadagnatosi il soprannome "il Prete", si era venuto
a trovare completamente isolato dai due o tre gruppi che si
erano formati, le compagne, quando compitamente le salu-
tava, gli rivolgevano a stento uno sbiadito sorriso pietoso.

Un giorno l'insegnante di religione, padre Crisafulli, l'aveva chiamato in disparte.

«Hai mai pensato di entrare in seminario?»

«E perché?» aveva a sua volta domandato stupito.

Il prete si era un po' imbarazzato.

«Ma dato che sei come sei... un giovane raro, senza vizi, senza grilli per il capo, casto, studioso, sei un esempio che tutti dovrebbero...»

Filippo gli aveva risposto in primo luogo che non era credente e in secondo luogo che riteneva quasi offensivo essere additato come un esempio.

Naturalmente si era laureato col professor Tiraboschi con una tesi sull'etica di Hume ottenendo il massimo dei voti. Tiraboschi l'aveva voluto come secondo assistente, suscitando le ire dell'assistente fino ad allora unico, Manusardi, che da anni faceva il buono e il cattivo tempo.

Capitò un giorno che Manusardi pubblicasse un saggio sulla rivista "Aetica", nel quale Filippo Greco rilevò un grosso svarione che tutti quelli che lessero il saggio fecero finta di non notare per non dare un dispiacere a Tiraboschi. Ma il senso morale di Filippo Greco si ribellò. Scrisse una lettera aperta alla rivista nella quale metteva alla berlina Manusardi. La conclusione fu che Tiraboschi non lo volle più come assistente. Non solo, ma convocatolo nel suo studio, l'accusò di voler diventare primo assistente usando metodi scorretti e infami contro Manusardi. L'atteggiamento dei colleghi mutò.

Nessuno lo frequentò più. Su di lui venne pronunziato un giudizio senza appello: «Filippo Greco non sa vivere». Dovette abbandonare il mondo universitario. Il contraccolpo fu fortissimo, se ne ammalò. Lo guarì la conoscenza di una bella ragazza, Fausta, solare e spregiudicata, diametralmente opposta a lui come carattere. Fausta cadde nella vita di Filippo al momento giusto, come una sorta di reagente chimico che alterò, ribaltandole, tutte le componenti dell'intero sistema.

Divenuto professore di liceo, Filippo, dopo essersi sposato con Fausta, diede alle stampe il suo primo libro, una profonda analisi dell'etica hegeliana, che nessuno recensì. Un anno dopo, sulla rivista "Aetica" apparve del tutto inattesa un'entusiastica recensione di Manusardi, che intanto era succeduto alla cattedra di Tiraboschi. A compiere il miracolo era stata Fausta, che un pomeriggio d'estate, indossato un abito succinto che ne metteva in evidenza le splendide forme, aveva portato personalmente il libro del marito a Manusardi. Dall'incontro, durato cinque ore, Fausta era tornata visibilmente provata, e Filippo non le aveva fatto domande. Il secondo libro, sull'*Etica nicomachea*, Filippo lo pubblicò appena due anni dopo.

Stavolta a recensirlo assai positivamente furono, oltre a Manusardi, anche Genziano e Polibello, docenti l'uno a Torino e l'altro a Milano. Fausta si era sobbarcata al duplice viaggio.

Fu durante una pubblica presentazione di questo secondo libro che Filippo conobbe l'onorevole Augusta Giliberto, sottosegretaria alla Pubblica Istruzione con delega all'Università.

Era una cinquantenne che voleva spacciarsi per trentenne, i numerosi interventi plastici le avevano fatto un viso d'innaturale ceramica. Malgrado andasse in giro imbevuta di colonia, puzzava lo stesso di sudore. Fece chiaramente capire le sue intenzioni a Filippo. Il quale ne parlò alla moglie. Ne ebbe una risposta brusca:

«Be', sarebbe l'ora che ti sacrificassi un pochino anche tu!»

E Filippo si sacrificò. Diventato consulente della sotto-segretaria, fu ritenuto l'ispiratore di alcuni provvedimenti che in qualche modo limitavano le iniziative non propriamente ortodosse dei cosiddetti baroni.

Quando Filippo partecipò al primo concorso a cattedra, il governo cadde. E siccome l'ordine di scuderia era di escluderlo a tutti i costi, i baroni si presero la loro vendetta senza temere ritorsioni. E Filippo rimase a mani vuote. Pubblicò un terzo libro sull'etica cattolica che gli valse gli elogi incondizionati non solo di Manusardi, Genziano e Polibello, ma anche di maestri come Morini e Tito e persino del gesuita Ligotti, del vescovo Tumiati e, cosa assolutamente insolita, del cardinale Tumedei.

Fausta confessò al marito che era stato l'incontro col cardinale, durato dalle nove di sera alle cinque del mattino, a stremarla di più.

Fece un secondo concorso a cattedra che adesso era certo di vincere, ma venne anche stavolta escluso. Era chiaro che si trattava di un partito preso. Si rese conto che quella cattedra di Filosofia morale alla quale aveva aspirato per tutta la vita non gli sarebbe mai stata concessa.

Si arrese, scrivendo in pochi mesi e pubblicando un quarto libro intitolato *Dell'abiezione*. Era sì un trattato di etica, su questo non c'era dubbio alcuno, ma era scritto in forma quasi romanzesca. In esso Filippo Greco raccontava apertamente a quali bassezze era dovuto ricorrere per far carriera e si chiedeva alla fine se l'abiezione era stata sua o di coloro che all'abiezione l'avevano costretto. E, pur coi nomi cambiati, i lettori poterono riconoscere nei personaggi Tiraboschi e Manusardi, Genziano, Polibello, Morini, Tito, Ligotti, Tumiati e Tumedei. Ma essi, pur di non riconoscersi nei personaggi, facendo smisurati elogi al libro, si coalizzarono per fare avere finalmente la cattedra a Filippo Greco. Il che puntualmente avvenne.

8

Hazrel, giovane bello e ricco, faceva vita dissoluta quando, giunto al trentesimo anno, venne sfiorato dalla divinità. Dall'oggi al domani abbandonò la sua lussuosa casa e le sue innumerevoli amanti e si andò a rinchiudere in una comunità di religiosi. Ben presto però si rese conto che la semplice presenza dei suoi confratelli lo distraeva dalla continua meditazione sulla Parola divina nella quale, corpo e spirito, quotidianamente si immergeva dalle prime luci dell'alba fino a notte fonda. Fu così che decise di farsi eremita. Dentro un sacco infilò il libro sacro, una forma di pane, una borraccia d'acqua, una diecina di patate e alcune sementi, un rotolo di stoffa, una piccola vanga e un coltello e camminò per tre giorni e tre notti. Infine gli sembrò d'aver trovato il posto giusto: ai piedi d'una montagna c'era una grotta che aveva davanti un ampio pezzo di terra fertile, perché vi sorgevano alberi da frutta. Un ruscelletto scorreva poco lontano. Attorno, la solitudine più completa.

Hazrel lavorò la terra, seminò, raccolse i primi frutti della sua fatica. Mentre lavorava, pregava. Quando non lavorava, leggeva la Parola e meditava. Era felice.

Il secondo anno venne la siccità. Un sole implacabile bruciò il misero raccolto. Hazrel razionò il poco che aveva per sopravvivere, ma era quasi niente per il suo giovane corpo e la fame cominciò a torturarlo. Fu costretto a mettersi in cammino alla ricerca di qualcosa da mangiare. Trovò alcune bacche commestibili, le raccolse e se le portò nella grotta. Ma non bastavano a placare la fame. Allora trascorse una notte intera a pregare la Divinità che venisse in suo soccorso. E l'indomani mattina, uscendo per andare al ruscello quasi essiccato, trovò davanti alla grotta una lepre che ancora sanguinava. Bastava scuoiarla e arrostirla. Esultò, la sua preghiera era stata esaudita. Stava per prenderla, quando lo colse un dubbio. Chi glielo garantiva che quella lepre era una risposta divina? Non poteva piuttosto trattarsi di una tentazione mandatagli dal Nemico? Preferì non prendere subito una decisione. Andò al ruscello, si lavò. E la prima cosa che sentì, tornando verso la grotta, fu un meraviglioso odore di carne arrosto che lo fece piegare sulle ginocchia con uno spasimo allo stomaco.

La lepre era stata scuoiata e ora, cotta a puntino, l'invitava, da un piatto di foglie, a essere subito divorata. Hazrel, con un calcio, la spinse lontano. Ora era certo che si era trattato di un'opera del Nemico. E da quel giorno il Nemico si scatenò non concedendogli un momento di tregua e seguendo un preciso e sempre eguale orario.

Dalle sette alle otto del mattino, il bisogno di un lungo lavacro profumato, con frizioni di olii e unguenti; dalle otto alle nove, la voglia irresistibile di un massaggio ristoratore che alleviasse i dolori provocati dal dormire sul nudo terreno; dalle nove alle dieci, il desiderio di una bella colazione con caffè, marmellate e succhi di frutta; dalle dieci a mezzogiorno, il piacere delle lunghe passeggiate con gli amici; da mezzogiorno all'una, il gusto prelibato di centellinare un aperitivo con una bella sconosciuta; dall'una alle tre, l'allegria di un pasto raffinato e abbondante condiviso con i familiari e con gli ospiti di passaggio; dalle tre alle quattro, il doveroso abbandono al sonno ristoratore e popolato da sogni deliziosi; dalle quattro alle sette, il lieto affrettarsi verso un salotto della città dove avrebbe chiacchierato e fatto pettegolezzi con uomini e donne di sottile ironia e complice linguaggio; dalle sette alle otto, la necessità di una cena leggera sì, ma capace di rafforzare il corpo per i piaceri della sera e della notte; dalle otto alle nove, il gradevole indugio sulla scelta dell'abito da indossare; dalle nove a mezzanotte, il lieto perdersi a vedere una danzatrice del ventre o uno spettacolo teatrale; da mezzanotte in poi, il concedersi totale ai piaceri del sesso con una fanciulla bella e pronta a ogni richiesta.

Insomma, Hazrel si trovò a essere per tutta la giornata, e per buona parte della notte, impegnato a respingere gli attacchi del Nemico. La sua era una solitudine affollata di immagini di cose e persone. Dopo un poco, Hazrel capì che la sua resistenza sarebbe stata facile proprio per la monotona successione delle tentazioni. Il Nemico stava dimostrando poca fantasia.

Ma questo dovette capirlo anche il Nemico, perché d'un tratto rivoluzionò la tabella degli orari. Per esempio, il primo giorno, ad Hazrel l'irresistibile desiderio di far sesso venne tra l'una e le tre, in luogo del pasto, mentre quest'ultimo si presentò tra le sette e le otto del mattino. Ma anche di fronte all'imprevedibilità del succedersi delle tentazioni, Hazrel seppe trovare altre forme di difesa. Allora il Nemico sperimentò un'arma più insidiosa. Se prima le tentazioni si configuravano come proiezioni della mente di Hazrel, da un certo momento esse assunsero forme concrete. Non era più la proiezione del pensiero di una bella fanciulla ma la bella fanciulla in carne e ossa che gli compariva a fianco mentre stava disteso e gli si offriva nuda, sussurrandogli all'orecchio. In breve, la sua grotta si popolò di amici e conoscenti, di belle donne e di persone care. Hazrel cominciò a parlare con loro, anche se sapeva che erano pura illusione. Solo che così era peggio che nella comunità, era continuamente distratto dal raccoglimento necessario alla preghiera. Forse era proprio questo che il Nemico voleva. Allora, uscito dalla grotta, si inginocchiò e pregò intensamente, perdutamente la Divinità perché corresse in suo aiuto. Quando tornò nella grotta, la trovò deserta. Era tornato a essere solo. Aveva vinto. E aveva imparato come difendersi dalle tentazioni. Fu a questo punto che cominciò a domandarsi se il suo dovere non fosse quello di tornare tra gli uomini e comunicare a loro la somma della sua esperienza nella lotta contro il Nemico. Tenerla per sé, non sarebbe stato un atto d'estremo egoismo? Quante anime si sarebbero perdute senza il suo insegnamento? E quante ne avrebbe potute salvare? Sì, aveva una missione da compiere. Se ne sentì oltremodo orgoglioso.

Sarebbe tornato a casa, avrebbe trasformato il suo palazzo in un luogo di preghiera dove i fedeli, per ascoltarlo, sarebbero accorsi a migliaia. Avrebbe speso la sua enorme fortuna per costruire altri luoghi di raduno in tutto il paese, dove si sarebbe recato di volta in volta, in modo che anche i più poveri potessero apprendere il suo insegnamento.

E, ignaro di essersi già perduto, così fece.

9

Diego torna a Roma dalla sua casa di campagna vicino a Viterbo. Sono le quattro del pomeriggio di una giornata di sole e sulla Cassia il traffico, cosa strana, è del tutto assente. Diego è un quarantenne, ricco, elegante, ha un bel viso anche se un po' pallido, è assai esile e dalla statura molto più bassa della media. Eppure si favoleggia che le donne cadano ai suoi piedi, preferendolo a vigorosi palestrati o a muscolosi campioni di calcio. Spesso interrogato in proposito da amici curiosi dei suoi successi, Diego li nega, esalando un sognante:

«Magari fosse vero!»

È già alle porte di Roma quando vede a distanza sul lato destro della strada una BMW argentata e una donna accanto ad essa. Rallenta, passa davanti alla donna che gli fa un cenno come per invitarlo a fermarsi, ma poi indecisa lascia ricadere il braccio lungo il fianco. Lui prosegue per qualche metro, accosta, spegne il motore. Ha avuto modo di rendersi conto che si tratta di una quasi sua coetanea molto bella, bionda e alta, che indossa roba griffata. Scende, le domanda sorridendo se serve aiuto.

Ma si tratta di un sorriso speciale ottenuto dopo ore e ore passate davanti allo specchio e che ora ormai gli viene quasi spontaneo. È quello che una delle sue amanti ha definito come "un irresistibile sorriso amaro". Nella piega del labbro superiore di Diego sembra che abbiano lasciato il segno tutte le avversità, le disillusioni, i tradimenti del mondo, ma affrontati con virile fermezza, con sobria signorilità.

Infatti la donna non riesce a distogliere lo sguardo da quel sorriso.

«Si è fermata di colpo e non è voluta più ripartire» dice. «È l'auto di mio marito e io non m'intendo di...»

«Vediamo» taglia corto Diego entrando in macchina e cominciando ad armeggiare.

La macchina non parte. Diego scende. Il suo sorriso si è fatto più amaro.

«La macchina è a posto, signora. Solo che non ha una goccia di benzina.»

«Dio, che sbadata! E ora come faccio?»

L'imbarazzo la rende assai più bella. Diego prende in mano la situazione.

«Chiuda e venga con me.»

Poco dopo la signora seduta al suo fianco si presenta.

«Mi chiamo Magda Ridolfi e non so come rin...»

«Piacere. Diego Auremma» taglia ancora Diego.

È una buona tecnica quella di mostrarsi, all'inizio, un po' scostanti.

Diego ferma a un distributore di benzina dove lo conoscono. Gli danno una tanica di cinque litri. Tornano indietro, poi ripartono verso il distributore, la signora fa il pieno. Risolto il problema, lei domanda:

«Posso almeno sdebitarmi con un caffè? Ho ancora un'ora a disposizione.»

Si fermano davanti al primo bar che incontrano, siedono a un tavolo. La donna è curiosa di lui. Diego risponde evasivamente alle sue domande, infine le lascia intendere che c'è come un'oscura nube sulla sua vita, qualcosa d'ineluttabile. Oltre non dice, ma parla per lui il suo sorriso, che adesso esprime una composta desolazione. Si lasciano scambiandosi i numeri dei cellulari. Diego sa che nel cuore di ogni donna alberga o una crocerossina o una buona samaritana, perciò non si stupisce quando il giorno appresso Magda lo chiama. Tutto previsto, tutto calcolato.

Al terzo incontro diventano amanti. Si ritrovano in un appartamentino prestato a Diego da un amico. Ma è chiaro che Magda, anche quando s'abbandona alla passione più sfrenata, non perde di vista il suo scopo, che è quello di svelare il segreto di cui Diego si circonda. E un giorno Diego, per farla finita, le racconta una storia già sperimentata con altre, che ottiene sempre calorosi e sorprendenti effetti di rinnovati e moltiplicati amorosi sensi. Accenna, vagamente, a una sorta di male incurabile, lento ma inesorabile, da lui accettato e affrontato come un vero uomo sa fare.

La prima domanda che di solito gli viene rivolta è:

«Ma è contagioso?»

Il suo sorriso, pur restando amaro, si fa rassicurante:

«Ma no, figurati! È una cosa tutta mia, che ho dentro il cervello.»

Anche Magda non è sfuggita alla prassi. Però, subito dopo, ha domandato:

«Ma ti stai facendo curare?»

«No.»

«Perché?»

«Te l'ho detto. È qualcosa d'incurabile, almeno fino ad ora.»

Tre giorni dopo, l'amico di Diego gli comunica che gli serve per qualche tempo l'appartamentino. Diego telefona a Magda, le dice la novità e le propone, ancora una volta, che s'incontrino a casa sua, tanto è scapolo, non ha da rendere conto a nessuno... Ma Magda rimane ferma nel suo rifiuto.

«Vuol dire che cercherò qualcosa» fa Diego. «Ma per qualche giorno noi purtroppo non...»

Un'ora appresso Magda lo chiama.

«Senti, domattina mio marito parte per New York per un congresso. Starà via una settimana. Il suo studio resterà chiuso. Se ci vedessimo lì? Potremmo fare domani pomeriggio alle sei. Se vuoi, staremo insieme anche la notte. È fornito di tutto, perché lui certe volte ci dorme.»

Diego conosce poco del marito di Magda, sa che è un uomo anziano, che guadagna molto, che le vuole bene come un padre...

«È un avvocato?»

«No, un medico.»

«Va bene, dammi l'indirizzo.»

Alle sei, quando bussa allo studio con una bottiglia di champagne per festeggiare la loro prima notte, guarda la targa accanto alla porta. Dottor Professor Mario Sargassi. Sargassi? Ma deve averlo visto in televisione, è un luminare, un notissimo specialista del cervello... Gli apre un'infermiera.

«Il signor Diego Auremma? Venga, il professore l'aspetta.»

Entra, intontito. Il professor Sargassi, un sessantenne grassoccio e cordiale, gli porge la mano.

«Si accomodi. Mia moglie mi ha detto di lei, è molto

preoccupata, del resto, lei che la conosce sa che Magda ha uno straordinario senso dell'amicizia... E ora mi dica.»

Quella stronza di Magda! Ma non ha via di scampo, deve stare al gioco. Per un'ora Diego s'inventa sintomi, disturbi, inconvenienti. Il professore l'ascolta aggrottando sempre più la fronte, poi gli sente a lungo la testa con un aggeggio e conclude, con un tono che non ammette repliche:

«Domattina, alle nove, nella mia clinica. Non tardi, parlo nel suo stesso interesse. Lei non sta bene. Si faccia dare l'indirizzo dall'infermiera.»

Diego è spaventato dal tono usato dal professore. Telefona a Magda ma lei non risponde. Alle nove del giorno appresso è in clinica.

L'operazione che una settimana dopo il professor Sargassi tenta sul cervello di Diego è disperata, ha scarsissime probabilità di riuscita. E infatti non riesce.

10

Mauro Giani detesta Silvio Consagra. Nella grande azienda dove lavorano sono pari grado e occupano due uffici attigui. Però Mauro ha un'anzianità di servizio di cinque anni superiore a quella di Silvio. Per raggiungere il grado che ha, ci ha impiegato dieci anni, Silvio appena la metà. Non perché Silvio sia più intelligente o più capace, no, ma semplicemente perché è un arrivista che sa sgomitare. Parla sempre male degli altri, sfodera continuamente un sorrisino sfottente, non c'è riunione nella quale non pigli la parola per mettersi in evidenza. Fa regali spropositati alle segretarie che contano. Inoltre è cosa nota che è diventato l'amante della moglie del vicedirettore generale, una cinquantenne rifatta e francamente brutta, solo per fare carriera.

Né Mauro né Silvio sono sposati. Mauro vive in un appartamentino modesto ma confortevole a pochi passi dall'abitazione di Silvio, che invece possiede un attico lussuoso dove spesso invita colleghi e colleghe per festicciole che si sa come cominciano e si sa pure come vanno a finire.

Naturalmente non ha mai invitato Mauro. Abitando così

vicino, i due spesso s'incontrano in qualche bar o in qualche ristorante. In quei casi non si salutano e s'ignorano.

Un giorno, tanto i dirigenti quanto i dipendenti apprendono che ci sarà una ristrutturazione del palazzo di sei piani dell'azienda, dove ha sede la direzione generale. Dall'ordine di servizio, Mauro e Silvio vengono a conoscenza che, per almeno un mese, dovranno condividere un ufficio al pianoterra. L'uno all'insaputa dell'altro vanno a protestare, ma non c'è niente da fare.

A rendere più complicata e sgradevole la loro coabitazione concorre il fatto che il direttore generale affida a tutti e due l'elaborazione di un progetto per l'apertura di nuovi mercati nel Sudest asiatico. Solo che la ricerca dev'essere condotta singolarmente, i due non devono collaborare, sarà la direzione alla fine a vagliare il progetto migliore.

Sorge subito un problema. Come fare a parlare con la propria segretaria senza che l'altro senta? Mauro lo risolve mettendo per iscritto i compiti da assegnare alla segretaria e le consegna, la mattina, il foglietto. La segretaria fa lo stesso. Insomma, non si parlano più, si scrivono.

Pare che Silvio invece la segretaria la sera se la porti a casa e forse anche a letto.

Certo non è facile la condivisione dell'ufficio ignorandosi a vicenda. Della situazione è più a disagio Mauro, che non osa nemmeno sollevare la testa per non incontrare casualmente lo sguardo di Silvio. Quest'ultimo invece dimostra un minor nervosismo, ogni tanto fischietta, cosa che irrita sommamente Mauro, oppure si alza e se ne va alla finestra.

Quando mancano tre giorni alla fine della coabitazione forzata, un nuovo ordine di servizio porta a conoscenza di tutti che, in seguito a un ritardo dei lavori, la sistemazione provvisoria degli uffici si protrarrà per un altro mese.

A Mauro viene la febbre, è costretto a starsene tre giorni a casa. Sì, si tratta di un attacco d'influenza, ma Mauro sa che la vera causa del suo cedimento è stata la notizia della proroga. Sente che, inspiegabilmente, non detesta più Silvio, ma sta cominciando a odiarlo. Un odio tanto più intenso perché in fondo immotivato.

Quando torna in ufficio, riprende in mano il progetto sul quale si è intensamente applicato per un mese. Gli pare di aver fatto un buon lavoro, con soluzioni nuove e originali. Ci lavora un'altra settimana, arriva alle conclusioni, ora si tratta solo di dargli la rifinitura definitiva, ma si riammala. Altri quattro giorni d'assenza.

Al suo rientro, la prima cosa che la sua segretaria fa è passargli un bigliettino:

Il dottor Consagra ieri pomeriggio ha consegnato il suo progetto.

Vede rosso. Si butta a capofitto nelle rifiniture, entro due giorni sarà in grado di presentarlo alla direzione.

E infatti così avviene. Ora non gli resta che attendere il responso del direttore generale. È più che sicuro però che il suo progetto, così originale e innovativo, avrà la meglio su quello di Consagra.

Il direttore generale lo manda a chiamare due giorni dopo, di sera, gli uffici già semivuoti. È, al solito suo, molto sbrigativo.

«Senta, Giani, il suo progetto sembra ricalcato su quello che ci ha già consegnato Consagra. Da questo momento lei si metterà a disposizione di Consagra per collaborare con lui al perfezionamento. Gliene do copia, ne prenda subito visione.»

Gli basta leggere le prime pagine mentre è ancora in ascensore per capire che Silvio gli ha rubato il progetto. L'avrà fatto nei giorni in cui è stato assente. Entra in ufficio, non c'è più nessuno. Avvolto in una nebbia rossa d'ira, si reca al posteggio per tornarsene a casa. E lì vede Silvio che sta salendo in macchina. Lo raggiunge, lo tira fuori, l'aggredisce a pugni e a calci. Silvio reagisce. I due s'avvinghiano, rotolano per terra, sono diventati due cani feroci. I presenti ce la devono mettere tutta per separarli. Silvio rimonta in macchina e parte. Mauro crede d'aver perso le chiavi di casa nella colluttazione. Le ritrova per terra, le intasca, ma è così alterato che non ce la fa a guidare. Prende un taxi.

Quando arriva davanti alla porta di casa, s'avvede che le chiavi che ha raccolto da terra non sono le sue, devono essere quelle di Silvio. Si cerca nelle tasche, ritrova le sue, entra. Scopre d'essere tornato calmo. Anzi no, non è calmo, è gelido. Le chiavi gli hanno fatto venire un'idea. A quell'ora Silvio avrà di certo trovato il modo di rientrare nel suo appartamento. Bastano tre ore perché quell'idea si tramuti in una martellante ossessione. Allora va in cucina, prende un coltellaccio, se l'infila nella cintura dei pantaloni. Agisce come un automa. Esce da casa, è notte tarda, le strade sono vuote. A ogni passo che fa, la sua determinazione si rafforza.

Usando le chiavi di Silvio, prima apre il portone, poi la porta di casa.

L'appartamento è quasi al buio, ma gli è stato più volte descritto da quelli che hanno partecipato alle festicciole. Solo la luce della cucina è accesa. Si avvicina cautamente, coltello in pugno, guarda. Non c'è nessuno. Si dirige verso la camera da letto, ma inciampa e cade. Cade sopra qualcosa di molle, s'imbratta di un liquido vischioso, il coltello gli sfugge dalla mano.

Si rialza, a tentoni accende la luce. È inciampato nel cadavere di Silvio. È stato accoltellato più volte, ferocemente. Tutta la tensione accumulata da Mauro esplode in un grido disumano, che fa accorrere i vicini.

Tutto congiura contro di lui. C'è il movente, c'è stata la rissa, persino il coltello è compatibile con le ferite mortali. Per l'omicidio che non ha commesso, ma che aveva tutta l'intenzione di commettere, Mauro viene condannato a una dura pena.

11

Ancora dopo cinque anni che erano sposati, Manlio non riusciva ad abituarsi al russare di Floriana. Già la prima volta che avevano dormito insieme, l'anno precedente il matrimonio, lui non aveva potuto chiudere occhio. Dopo l'amore, Floriana gli si era addormentata tra le braccia cadendo in un sonno profondo e subito aveva preso a russare. Dio mio, anche Ernesta e pure Marisa, le sue precedenti fidanzate, russavano, ma era, come dire, un russare tutto femminile, anche gradevole, sopportabile, una via di mezzo tra il respiro pesante e lo sfregare di due fogli di carta vetrata. Invece Floriana, così minuta, così elegante, così attenta a essere sempre più che presentabile, russava peggio di uno scaricatore di porto.

Nella camera da letto, quando Floriana dormiva, accadevano curiosi fenomeni di consonanza che non finivano mai di stupire l'insonne Manlio. Ora era la boccia di vetro del lumetto sopra il comodino di lei che principiava a vibrare leggermente, ora erano le foglie anch'esse di vetro del lampadario, componendo così una sorta di controcanto acuto al basso profondo del russare.

E quante cattive figure aveva dovuto sopportare! In viaggio di nozze, aveva sorpreso il signore della camera accanto alla loro che protestava col portiere perché il russare che proveniva dalla 211, che era la loro camera, non l'aveva fatto dormire. E quell'altra volta, sempre in albergo, una signora l'aveva aggredito perché quel rumore atterriva il suo bambino. Già, perché tutti logicamente supponevano che a produrre quel fracasso impossibile non fosse Floriana, ma lui.

Se lei s'addormentava prima, per Manlio era una vera impresa riuscire a dormire. Come ci si poteva abbandonare al sonno con una motosega in funzione nell'altra metà del letto? Così cominciò a fare ricorso a potenti sonniferi che gli facevano chiudere gli occhi appena si stendeva sopra il letto.

Questa soluzione però non piacque a Floriana, che di colpo vide il marito venir meno al dovere coniugale, dovere la cui osservanza lei voleva fosse almeno bisettimanale. Nella disputa che ne seguì, Floriana ebbe la meglio, ottenendo che Manlio prendesse il sonnifero subito dopo e non prima.

Poi le cose cambiarono. La mamma di Floriana, che abitava in un paese a cento chilometri di distanza, s'ammalò gravemente, ed essendo vedova e sola, ebbe bisogno di continua assistenza. Per ridurre la spesa dell'infermiera, Floriana decise che per tre notti alla settimana avrebbe dormito dalla madre, andando e tornando con la sua macchina.

Così Manlio, nelle notti senza Floriana, poteva dormire di un sonno naturale e veramente ristoratore. Non solo, ma dopo un mese di va e vieni Floriana si doveva essere talmente stancata da non pretendere più l'osservanza del dovere bisettimanale.

Manlio non poté fare a meno di notare che malgrado lo strapazzo Floriana riusciva a essere ancora più curata ed elegante del solito. Sarebbe stata una donna perfetta, se non avesse avuto quel grosso difetto.

Ogni tanto le chiedeva:

«Che dicono i medici?»

Floriana tirava un lungo sospiro prima di rispondere:

«Che sarà una cosa molto lunga.»

D'altra parte a lui i giorni d'assenza della moglie non recavano nessun disagio. Deda, la cameriera che veniva solo la mattina, gli preparava pranzo e cena. Tutto il suo disturbo consisteva nel riscaldare le portate e nell'apparecchiare.

Una delle sere in cui sua moglie dormiva a casa, dopo aver cenato e guardato la televisione, andarono a letto perché Floriana doveva alzarsi presto e partire. Ognuno si recò nel proprio bagno e Manlio vi si attardò più del consueto. Poi aprì l'armadietto, prese il tubetto del sonnifero e s'accorse che conteneva un'ultima pasticca. Fece per portarsela alla bocca ma gli scivolò tra le dita, cadde dentro il lavandino, scomparve nello scarico. Non si preoccupò, perché si era ricordato d'aver detto a Floriana di comprargliene un'altra confezione e le aveva dato anche la ricetta. Andò in camera da letto, Floriana si era coricata, aveva spento la luce dal suo lato, ma non doveva dormire perché non russava. La chiamò, non ebbe risposta.

Allora s'avvicinò al letto e con sommo stupore s'accorse che Floriana era caduta in un sonno profondo, ma non russava. Respirava con calma, a larghe ondate, ma non russava. Com'era possibile? E da quand'era che non russava più e lui non se ne era accorto a causa del sonnifero? E Floriana perché non glielo aveva detto? Che stupido, di certo nemmeno lei lo poteva sapere.

Stranito, si chinò a prendere la grossa borsa a sacco che Floriana usava tenere a terra accanto al letto, se la portò in sala da pranzo, la capovolse sul tavolo. Vide la confezione del suo sonnifero e la prescrizione e le mise da parte. C'era anche un flaconcino che non aveva mai visto tra le mani di Floriana. Su un'etichetta c'era il nome di una farmacia del paese dove abitava la suocera e qualcos'altro che non capì. Evidentemente si trattava di un preparato speciale, fatto apposta per sua moglie. Rovistò ancora tra le cose della sacca e trovò la ricetta relativa al flaconcino. In fondo, il dottore aveva scritto: "Se la roncopatia continua, raddoppiare la dose a giorni alterni".

Ma perché Floriana non gli aveva mai detto che aveva deciso di curarsi? A meno che...

Il sospetto che come una serpe gli si insinuò nel cervello gli fece mancare le gambe. Dovette sedersi. Sì, non c'era altra spiegazione possibile. Floriana quando gli diceva che restava a dormire con sua madre gli mentiva. Se ne andava invece a letto col suo amante e siccome si vergognava di russare, vi aveva posto un rimedio. E questo spiegava anche perché non gli chiedeva più di fare l'amore, si vede che l'amante la satollava ben bene.

La rabbia lo prese improvvisa, incontenibile, feroce.

Balzò in piedi, si precipitò in camera da letto, agguantò per le spalle Floriana, la scosse violentemente.

«Perché hai voluto smettere di russare, troia?»

Floriana, pur intontita dal sonno e spaventata, ebbe la risposta pronta:

«Ma è stato per mamma, poverina, non le facevo chiudere occhio!»

Stroncato, Manlio cadde in ginocchio, cominciò a baciarle le mani.

«Scusami, scusami...»

Floriana sorrise.

«E se Manlio s'accorge che non russo più?» aveva chiesto a Nando mentre stavano ancora abbracciati.

«E tu digli che l'hai fatto per tua madre» aveva risposto Nando, il medico di mamma.

12

Tarek si è alzato alle cinque del mattino per andare a rovistare tra i cassonetti della spazzatura. Con lo sciopero dei netturbini, è sicuro di trovare abbastanza per sfamare la moglie e i due figli. Ormai sa, per esperienza, che i cassonetti più pieni di cose ancora buone da mangiare si trovano al centro della città, nelle vicinanze dei grandi ristoranti di lusso. Si avvia a passo svelto, svelto per quanto glielo possa consentire la gamba sinistra, rimasta un po' rigida dopo l'incidente.

Prima, non se la passava male. Aveva trovato lavoro come operaio in un cantiere edile. Era pagato poco e in nero, perché era clandestino. Ma quel poco bastava. Poi è caduto dall'impalcatura, che tra l'altro era senza protezione. E si è rotto la gamba e il braccio. Il braccio glielo hanno aggiustato bene, la gamba no. E naturalmente non ha più potuto lavorare in cantiere. Il padrone gli ha dato mille euro, gli ha ordinato di non dire a nessuno dell'incidente, altrimenti l'avrebbe fatto bastonare, e gli ha intimato di non farsi più vedere. In fondo, è stato fortunato, perché ci sono padroni che non ti danno nemmeno un centesimo.

Tarek finalmente è arrivato ai cassonetti, ci ha messo più di due ore per giungere in centro dalla baracca dove abita. Durante il percorso, ha elemosinato. Ma la gente a quell'ora ha fretta di correre a lavorare, ti scansa senza parlare, sembra seccata della tua presenza. Comunque è riuscito a raccogliere novanta centesimi. Ai cassonetti trova già all'opera due arabi e un italiano, ma roba ce n'è tanta. Svuota un sacchetto di plastica, lo riempie con dei resti di bistecche, ali di pollo, patatine fritte. Trova anche pezzi di pane ancora masticabile. Non trova cachi. Li vorrebbe portare a suo figlio più piccolo che ne è tanto ghiotto. In un altro cassonetto ce ne stanno una diecina, ma sono schiacciati e troppo maturi. Ne sceglie tre, li infila nel sacchetto. Guarda l'ora su un orologio al neon in cima a un palazzone di dieci piani. Sono le otto meno un quarto e per la strada ora passano macchine di gran lusso, coi vetri oscurati. Quello, Tarek lo ha capito, è anche il quartiere dove ci sono gli uffici dei padroni delle grandi fabbriche che sono l'orgoglio della città.

Purtroppo sa pure che è inutile tendere la mano ai signori che scendono dalle auto mentre l'autista tiene loro lo sportello aperto. Non lo vedono neppure, col pensiero sono già immersi in quello che dovranno fare nei loro uffici ben riscaldati.

È appena sceso dal marciapiedi per traversare la strada quando per poco un'auto gigantesca che sta giungendo a tutta velocità non lo mette sotto. Risale con un balzo sul marciapiedi. L'auto si ferma, l'autista si precipita ad aprire la portiera, ne scende un settantenne magro, senza cappotto malgrado il freddo che fa, che si avvia verso un enorme portone, ma poi si ferma, porta il cellulare all'orecchio, comincia a parlare facendo cenno all'autista di aspettare. Tarek viene colto da un impulso irresistibile, mai provato prima. Senza nemmeno rendersi conto di quello che sta facendo, infila la mano dentro il sacchetto, piglia uno dei cachi che gli cola tra le dita, lo getta sopra il sedile posteriore dell'auto approfittando di un momento di distrazione dell'autista e se ne va, zoppicando.

La telefonata del settantenne magro, che è poi l'ingegner Ugo Malosti, indiscusso despota di un impero industriale che si estende in buona parte del mondo, dev'essere assai impegnativa, perché l'ingegnere preferisce continuarla in macchina, chiudendosi dentro per non essere disturbato dal traffico o dai passanti.

La telefonata è lunga e turbolenta, l'autista, al quale è stato ordinato di restare fuori in attesa, lo vede a tratti gesticolare, diventare rosso, urlare. Per tutto l'oro del mondo non vorrebbe essere l'interlocutore dell'ingegnere. Che è noto per l'irascibilità, la cieca determinazione delle sue convinzioni, la mancanza di qualsiasi sentimento umano, il suo procedere a rullo compressore, schiacciando e spazzando via ogni ostacolo.

Finalmente la conversazione termina. Uscendo dall'auto, l'ingegnere non saluta nemmeno l'autista, entra nel portone e poi nell'ascensore personale, davanti al quale l'aspetta il portiere, cappello in mano.

«Ingegnere, ci sono tutti» gli dice la prima segretaria.

«Che aspettino.»

«Ha telefonato il ministro che...»

«Ne parliamo dopo.»

Ha bisogno di andare in bagno. Si lava la faccia, si ripettina, ora si sente a posto. Si leva la giacca, rimane in maniche di camicia e cravatta.

Al vederlo entrare nel salone senza giacca i membri del consiglio d'amministrazione impietriscono. Loro ce l'hanno la giacca. Mettendosi in maniche di camicia, lo sanno tutti, l'ingegnere intende inviare un chiaro messaggio: darò battaglia. Quella è, come dire, la sua divisa da combattimento.

Qualcuno dei presenti comincia a sudare freddo. Tutti sanno benissimo che se si trovano lì lo devono non tanto alle loro capacità quanto alla benevolenza dell'ingegnere, benevolenza conquistata a prezzo di acquiescenze, sottomissioni, adesioni, approvazioni, insomma attraverso la privazione di ogni iniziativa personale. Sono pupazzi nelle mani dell'ingegnere e da un giorno all'altro lui potrebbe stufarsi dei suoi giocattoli. L'ingegnere siede a capotavola sulla sua poltrona dorata, guarda in faccia a uno a uno, lentamente, i presenti. Poi scandisce:

«Domattina voglio sul mio tavolo le vostre lettere di dimissioni.»

Tutti rimangono senza fiato. Nessuno osa domandare perché. Ed è questa mancanza di domande che fa imbestialire l'ingegnere, che dà un gran pugno sul tavolo facendo sussultare i presenti.

«Ma non lo vedete come siete? Voi siete una massa di...»

Si interrompe. Fa un'espressione perplessa. Tutti lo guardano sconcertati. L'ingegnere si alza portando contemporaneamente la mano destra a toccarsi il sedere e tutti allora vedono, riflessa nel grande specchio ideato su misura dall'archistar giapponese Kimamoto, una grande macchia umida sul retro dei suoi pantaloni. E mentre l'ingegnere arretra verso la porta, tutti pensano immediatamente la stessa cosa: l'ingegnere s'è fatto la cacca addosso. Appena è uscito, una gran risata liberatoria esplode nel salone. Baricoletti col cellulare telefona a Sidney e a Wellington, anche se lì è notte fonda, per comunicare che l'ingegnere si è fatto la cacca addosso. Lo stesso fa Giannini con Londra e New York. E Roberti con Tokyo. Intanto la notizia dal decimo arriva al piano terreno attraverso un frenetico squillare di telefoni.

Quando l'ingegnere ritorna indossando la giacca per coprire in parte la macchia e si risiede nella poltrona dorata, non sa che il suo dispotismo è finito. Infatti rimane basito a vedere Givanardi alzarsi e dire:

«Parlo a nome di tutti. Ci spieghi perché dovremmo dimetterci, altrimenti la mettiamo in minoranza.»

13

Homer, sicario rinomato per l'infallibilità della mira e per la scrupolosità nel lavoro, venne assoldato per uccidere un bambino di dieci anni. Aveva una lunga carriera alle spalle, e mai gli era capitata una richiesta simile. Come era suo costume, non ne domandò il perché, chiese soltanto una cifra più alta della tariffa usuale.

Gli diedero la metà del denaro pattuito, il nome e l'indirizzo della vittima designata e una sua foto. Precisamente di quando aveva sei anni, vestito con l'abito della Prima Comunione.

La prima cosa di cui Homer si rese conto fu che i genitori del bambino, che era figlio unico, non erano ricchi, come aveva immediatamente pensato. Il padre aveva un dignitoso impiego in una società di trasporti, la madre faceva la sarta e le sue clienti, in gran parte, erano vicine di casa. La famiglia viveva al quarto piano di un caseggiato popolare e tutte le finestre dell'appartamento davano sul grande cortile interno. Quando raccolse le notizie che gli erano necessarie, Homer, restituita la foto, prese contatto col portiere dello stabile spacciandosi per un rappresentante di commercio in cerca di casa. Ebbe un colpo di fortuna, il portiere gli disse che c'erano due appartamenti liberi e glieli fece visitare. Incredibilmente, uno dei due, che Homer scelse, si trovava al quarto piano, esattamente di fronte a quello dove abitava il bambino, ed era ammobiliato. I due appartamenti erano solo separati dal grande cortile.

Nel giro di tre giorni Homer firmò il contratto, ebbe la chiave e si trasferì nella nuova abitazione assieme a un vecchio baule che, oltre a qualche vestito smesso e alla biancheria di ricambio, conteneva una valigetta con una carabina ad alta precisione. Siccome si era qualificato col portiere come rappresentante di speciali pomate e pillole in grado d'aumentare la potenza virile, era più che naturale che di giorno se ne stesse a casa, dato che il suo lavoro si svolgeva di notte, in night e ritrovi particolari. Così ebbe modo di studiare le abitudini del bambino, il quale, reduce da una seria malattia, non frequentava la scuola, ma, grazie agli amorevoli sacrifici dei genitori, aveva due insegnanti privati che gli facevano lezione nella sua cameretta, il primo dalle nove alle dieci, il secondo dalle undici a mezzogiorno. Assai spesso, in quell'ora d'intervallo tra le due lezioni, il bambino usava starsene affacciato alla finestra per una diecina di minuti a prendere il sole.

Homer decise di sbrigare in fretta l'incarico, aveva ricevuto altre proposte interessanti. Il giorno stabilito per l'azione, prese la valigetta, montò la carabina, e aprì un poco la finestra. Avrebbe sparato seminascosto dalle ante. Il cielo era coperto, ma la visibilità, attraverso il cannocchiale, era perfetta. Poi il bambino comparve alla finestra e appoggiò i gomiti sul davanzale, probabilmente stava in piedi sopra uno sgabello. Homer prese la mira accuratamente ma, una frazione di secondo prima che premesse il grilletto, il sole, di colpo, inondò la facciata di fronte e un raggio, riflesso da un vetro, andò a infilarsi, dritto come un laser, dentro il cannocchiale della carabina. Accecato, Homer non poté far fuoco.

Quando riacquistò in pieno la vista, il bambino non era più alla finestra. Il giorno seguente aveva appena imbracciato la carabina mirando alla fronte del bambino, quando bussarono alla porta. Buttò l'arma sotto il letto e andò ad aprire. Era un tale che doveva controllare il contatore dell'acqua. Il terzo giorno stava per sparare quando un sipario bianco s'interpose tra lui e il bambino. La signora del piano di sopra aveva steso un lenzuolo appena lavato, ma una molletta non doveva aver fatto presa e il lenzuolo era quasi tutto scivolato a coprire la finestra di sotto. Homer era un uomo assai superstizioso, badava a certe sue regole scaramantiche, per nessuna somma al mondo avrebbe ucciso un uomo di venerdì. E dato che il giorno seguente era proprio un venerdì, Homer interpretò il tutto come un chiaro avvertimento: quel bambino non andava ucciso. E così rinunziò all'incarico.

Homer aveva un solo amico, François, che faceva il suo stesso mestiere. Nell'ambiente, François era quotato appena un gradino più sotto di Homer.

Una sera, in casa di François, fecero bisboccia con due donne che poi mandarono via alle cinque del mattino. Homer, mentre si rivestiva, notò che dalla tasca della giacca di François, che era rimasto a letto, era caduta una foto. La raccolse. Era quella del bambino col vestito della Prima Comunione.

I due sicari non avevano mai parlato del loro lavoro. Ma Homer decise di fare un'eccezione e mostrò la foto all'amico.

«Attento» disse.

«Perché?»

Gli raccontò tutto. François si mise a ridere, non era superstizioso.

«In tre giorni me la sbrigo, vedrai» disse.

La tecnica che François adoperava era opposta a quella di Homer. Lui lavorava di sveltezza. A bordo di un motorino truccato, seguiva la vittima, gli sparava col revolver a distanza ravvicinata e poi si dava alla fuga.

Il terzo giorno François vide uscire dal portone il bambino con la madre.

Li seguì fino a uno studio medico. Nell'attesa che ricomparissero, si studiò il luogo migliore per far fuoco e la più sicura via di fuga. Poi, dopo un'ora d'attesa, madre e figlio uscirono in strada. François montò sul motorino, ma il motorino non partì. Bestemmiando, François provò e riprovò inutilmente. Madre e figlio intanto erano spariti, tuttavia François non se ne preoccupò, sapeva la strada che avrebbero percorso per tornare a casa. Ma stava perdendo troppo tempo, tra poco i due avrebbero sorpassato il posto da lui scelto per portare a termine l'incarico. Si levò il casco, armeggiò con un cacciavite e finalmente il motorino partì. Si rimise il casco, non l'allacciò, partì a tutto gas. Nell'attimo in cui s'immise nell'altra strada, assorto com'era a tentare di scorgere i due sul marciapiedi, prese la curva troppo larga e non s'avvide dell'auto di grossa cilindrata che veniva in senso opposto leggermente fuori carreggiata. Per l'urto violento, il casco volò via, la testa di François andò a spaccarsi sul selciato.

Appresa la notizia della morte dell'amico, Homer ritenne suo dovere mettere discretamente in guardia i suoi colleghi su piazza e fuori piazza: il bambino era da quel momento in poi da considerarsi come un suo protetto, quindi ci pensassero bene prima d'accettare l'incarico d'eliminarlo.

Homer, che all'epoca era quarantacinquenne, morì a settant'anni. Nello stesso anno della sua morte, il bambino che avrebbe dovuto ammazzare si diede alla politica.

Così Homer non seppe mai d'avere risparmiato dalla morte il futuro, sanguinario dittatore che avrebbe mandato davanti al plotone d'esecuzione diecine e diecine d'avversari politici, riempito le carceri di migliaia di dissenzienti, e in ultimo, in seguito a una guerra rovinosa, provocato la distruzione di intere città e la morte di oltre tre milioni di esseri umani.

14

Gisella, trentacinquenne, non proprio una bellezza, è da otto anni la fidatissima segretaria del direttore generale Carlo Tommasi. Infatti è la custode di molti segreti che riguardano non solo l'azienda, ma anche la vita privata di Tommasi. Ancor giovane, sposato con un'arpia che si favoleggia di una gelosia paranoica, padre di tre figli, stimatissimo nel suo ambiente, Tommasi si concede, di tanto in tanto, e solo quando si trova all'estero, uno svago che deve restare per tutti nell'ombra più fonda. Per tutti ma non per Gisella, la quale, sua compagna in ogni viaggio, di quello svago è sempre stata l'organizzatrice discreta. La prima volta capitò ad Amsterdam. Quando Tommasi, durante una cena a due, le rivelò il suo segreto e le espresse il suo desiderio, Gisella non mostrò meraviglia, gli chiese solo in che modo potesse essergli utile. Tommasi prese il portafogli, ne cavò una fotografia, gliela mostrò:

«Dovrebbe assomigliargli.»

A fine cena si separarono. Tommasi se ne tornò in albergo dove l'aspettava un industriale olandese, Gisella chiamò un taxi e si fece condurre nel quartiere a luci rosse. Rincasò passata la mezzanotte. Teneva sottobraccio un ventenne biondo, efebico, e con lui rideva e scherzava. Presero insieme l'ascensore, uscirono nel corridoio.

«La stanza è la 180, a sinistra» gli sussurrò Gisella. «Bussa, lui t'aspetta.»

Cominciò così. E divenne una consuetudine.

Poi un giorno capita che il fastidioso peso allo stomaco che Gisella da qualche tempo avverte si tramuti in dolore. Decide di sottoporsi a una visita. Il dottore le ordina di ricoverarsi per una serie di controlli. È costretta ad allontanarsi per una settimana. Senonché, il responso degli accertamenti convince i medici della necessità di un intervento chirurgico. Che riesce bene, ma la convalescenza sarà lunga e la costringerà, negli anni a venire, a una dieta rigorosa. Quando torna in ufficio, la prima cosa che fa è spiegare a Tommasi che non è più in grado d'accompagnarlo nei suoi viaggi all'estero, la cucina dei ristoranti le sarebbe di grande nocumento. Tommasi le racconta che durante la sua assenza è stato a Berlino con Manuela, la giovane che l'ha sostituita in qualità di seconda segretaria, e che quindi sarà quella che continuerà ad accompagnarlo nei viaggi oltre confine.

«Naturalmente» aggiunge sorridendole complice, «a Manuela non potevo chiedere... Mi sono dovuto arrangiare.»

Gisella è felice che Tommasi non abbia rivelato il suo segreto a un'altra donna. Ora sente d'essere ancor più legata al suo capo.

Esaminando la nota spese del viaggio fatto a Berlino, Gisella si accorge che Manuela non ha allegato il conto dell'albergo. Glielo sollecita.

«Ma a Berlino non sono stata in albergo! Mi ha ospitato mia sorella.»

Manuela ha dieci anni meno di lei ed è di una singolare bellezza. Inoltre è una ragazza efficiente, ha il dono raro di sapersene stare al proprio posto. Per di più, è molto premurosa verso Gisella, e si fa carico di certi compiti secondari. Dopo una diecina di giorni che è tornata in servizio, Tommasi chiede a Gisella di preparargli tutta la documentazione circa una complessa trattativa che l'azienda ha in corso con una società londinese.

«Parto dopodomani. Starò a Londra una settimana. Mi porto Manuela.»

Vuoi vedere che la ragazza non lo sa ancora? Quante volte lei ha appreso dall'oggi al domani che doveva fare la valigia? Decide d'avvertirla.

«Sì, lo so che andiamo a Londra.»

«Te l'ha detto lui?»

«Sì, una settimana fa. Ho già fatto biglietti e prenotazione dell'albergo.»

Ci rimane, chissà perché, un poco male. Ma si deve rassegnare, lei all'estero non andrà più.

Una notte, alle due, Tommasi è già via da tre giorni, Gisella viene svegliata da una telefonata. È Adriana, la segretaria del vicedirettore generale, Manfridi. È sconvolta. Le dice che l'ha chiamata la moglie di Manfridi, Chiara, perché suo marito è morto d'infarto. È necessario avvertire subito il direttore generale. Gisella ha i numeri dei cellulari di Tommasi e di Manuela. Chiama il suo capo, ma ha il telefono spento. Anche Manuela. Non le resta che telefonare al centralino dell'albergo.

«Mister Tommasi non vuole essere disturbato per nessun motivo.»

«Mi dia allora la camera della signorina Manuela Di Blasio.»

«Spiacente, ma miss Di Blasio non ha una sua camera qui.»

Che significa? Ma se, quando ci andava lei, Tommasi pretendeva che la sua camera fosse, se non adiacente, almeno sullo stesso piano! Rimane sveglia a pensarci su. E purtroppo arriva all'unica conclusione logica. La scoperta è devastante. Alle sette del mattino, riesce a parlare con Tommasi.

«Telefono subito alla povera Chiara. Non potrò essere presente al funerale. Provveda a tutto lei, annunci, corone... Grazie.»

Quando Manuela rientra da Londra e le consegna la nota spese, vede che ancora una volta manca il conto dell'albergo. Come volevasi dimostrare.

«Ma tu dove hai dormito?»

«Da mia sorella.»

Riesce a controllare la rabbia. Che faccia tosta! Ma quale sorella e sorella! La risposta è stata troppo pronta, chiaramente da tempo preparata. E poi, una sorella a Berlino, una a Londra e magari una terza a Bombay e una quarta a Sidney? Ma via! Chi vuole prendere in giro? Tommasi a Londra si è arrangiato, questo è fuor di dubbio, ma con Manuela. Come aveva già fatto a Berlino. Hanno trascorso tutte le notti nello stesso letto, non hanno nemmeno preso la precauzione d'avere stanze separate. E ora a Gisella tornano a mente certi dettagli trascurati: quella volta che entrò nell'ufficio di Tommasi e Manuela, china accanto a lui, si raddrizzò troppo rapidamente, e quell'altra quando le sembrò che la mano di Tommasi avesse non tanto casualmente sfiorato un fianco di Manuela...

La gelosia, più violenta perché imprevedibile, l'accieca.

Un tremito interiore la squassa. Ha un turbinio nel cervello. Si sente tradita, oltraggiata, beffata. La sera, a casa, scrive d'impeto una lettera anonima alla gelosissima moglie di Tommasi, poche righe per rivelarle che il marito e Manuela hanno una tresca. Ma basteranno per scatenare l'inferno in casa Tommasi, ne è più che sicura. L'indomani mattina la spedisce, poi si reca in ufficio. Trova Manuela molto sofferente.

«Devo andare in bagno. Aspetto una telefonata privata ma da ieri sera ho il cellulare fuori uso. Puoi rispondere tu al mio diretto e poi chiamarmi?»

Poco dopo squilla il telefono di Manuela. Gisella si alza. Va a rispondere.

«Sono Anna, la sorella di Manuela» fa la voce all'altro capo, «chiamo da Londra. Può passarmela, per favore?»

Gisella annichilisce.

«Mi... mi scusi, ma... avete una... una sorella a Berlino?» riesce poi a domandare, balbettando e con un filo di voce.

«Sì» risponde Anna un po' sorpresa. «Perché?»

15

Il giudice Schiaffino è un cinquantenne scapolo, meticoloso, ordinato. Vive in un appartamento di tre stanze, bagno e cucina, dove tutto brilla per pulizia e dove ogni cosa sta nel posto in cui deve stare. Potrebbe muovervisi a occhi chiusi o a luci spente sicuro di non incontrare sorprese. A tenerglielo in ordine è Marianna, cameriera e cuoca, risultata di gran lunga la migliore dopo innumerevoli donne di servizio tutte regolarmente liquidate al termine della prima settimana di prova.

Nella vasta biblioteca del giudice ci sono solamente codici, riviste specializzate di giurisprudenza, libri che parlano di legge. Considera letture d'evasione, e perciò una sostanziale perdita di tempo, anche *I promessi sposi*, anche le tragedie greche. Il giudice, naturalmente, è abitudinario. La mattina in tribunale, il pomeriggio a casa a studiare il processo in corso, la sera un po' di televisione e poi a letto. I pasti li consuma sempre a casa, seguendo un rigido menu settimanale, sempre lo stesso, leggermente variato a seconda delle stagioni.

Nasconde, quasi fosse un vizio degradante, l'unico, solitario piacere che si concede.

Appena si è coricato, apre il cassetto del comodino e ne estrae un romanzo poliziesco. Quasi sempre, iniziata la lettura, la porta avanti sino alla fine.

A leggerlo, non ci mette più di due ore. L'indomani mattina infila il libro nella borsa e, sulla strada per il tribunale, lo butta in un cassonetto. I romanzi se li va a comprare a due o tre per volta in un'edicola lontana da casa e dall'ufficio, in un quartiere dove non corre il rischio di essere riconosciuto da qualcuno. Non tutti i romanzi polizieschi però piacciono al giudice. Detesta quelli americani pieni di inseguimenti e di sparatorie, se la gode invece con gli autori inglesi tradizionali, che fanno agire investigatori dotati soprattutto di logica e di capacità deduttive i quali, solo nelle ultime pagine, e in virtù di un ragionamento solido come una roccia, svelano l'identità del colpevole.

A forza di leggerli, il giudice è diventato abilissimo nel capire chi è l'assassino già a metà romanzo e solo rarissimamente si sbaglia, quasi sempre le ultime pagine confermano che aveva visto giusto. E così può addormentarsi con un sorriso soddisfatto.

Quella sera il romanzo che tira fuori dal comodino è di un autore italiano a lui sconosciuto. L'ha comprato perché nell'edicola c'era solo un libro a firma di un inglese e sulla copertina di quello italiano ci stava una fascetta pubblicitaria che descriveva il protagonista come una via di mezzo tra Sherlock Holmes e Poirot.

Già fin dalle prime pagine il romanzo lo conquista. È ben congegnato, non c'è un salto logico, una sbavatura.

A un tratto si rende conto di una coincidenza incredibile. Colui che nel romanzo è maggiormente sospettato dell'uccisione di una donna giovane e bella, Rita, è il marito di lei, un avvocato che si chiama Angelo Agosti. Il secondo sospettato è invece un suo vecchio amante, un ingegnere, Emilio Rosi. Ebbene, la mattina seguente in aula ci sarà l'ultima seduta di un procedimento per l'omicidio di un postino, e l'assassino, che continua a proclamarsi innocente, è un tale che si chiama proprio Angelo Agosti. E, cosa ancora più singolare e inverosimile, è che le indagini prima si erano orientate verso un altro possibile omicida, Emilio Rosi. Certo, tra una moglie e un postino ci corre una bella differenza, ma tra i due casi ci sono dei singolari punti di contatto. La sbalorditiva coincidenza dei nomi lo turba e gli fa leggere il romanzo con maggiore interesse.

A poche pagine dalla fine, il giudice è più che convinto che l'assassino della giovane donna sia proprio il marito Angelo. Ma quando arriva all'immancabile scena della riunione finale di tutti i personaggi, quella nel corso della quale l'investigatore svelerà il colpevole, il giudice, prima con stupore, poi con rabbia, s'accorge che, per un errore d'impaginazione, dal libro manca proprio l'ultima pagina, quella che contiene la soluzione del caso.

Allora si sente invadere da un'inquietudine irrefrenabile. Sa che rischia di perdere il sonno a causa del nervosismo che l'ha preso. Non c'è che una cosa da fare. Si alza, si riveste, esce da casa, si mette in macchina. A quell'ora, sono quasi le due, le edicole sono tutte chiuse, ma ce n'è una, in centro, che fa servizio notturno. Difficile che qualcuno possa riconoscerlo e se lo riconoscono, pazienza, la sua tranquillità d'animo è più importante d'ogni altra cosa.

Ma l'edicolante gli dice che l'ultima copia di quel libro l'ha venduta, guarda caso, cinque minuti prima.

Il giudice trascorre una notte infame. A un certo momento, non sapendo che fare, si rilegge alcune pagine del romanzo e sempre più si persuade della colpevolezza dell'avvocato Angelo Agosti.

L'indomani mattina, ascoltando l'arringa della difesa, gli viene da sorridere. Ricordandosi di quanto ha letto durante la notte, pensa che sarebbe facilissimo usare le parole dell'investigatore per smontare la linea difensiva. Però si trattiene.

Quando si trova in camera di consiglio, si rende conto, con estremo stupore, che i suoi colleghi sono orientati a ribaltare la condanna precedente, hanno molto da dire sulla forma e sulla sostanza della sentenza, in poche parole, non sono tanto certi della colpevolezza di Agosti.

Schiaffino allora chiede la parola e, rifacendosi al romanzo, ma senza mai citarlo, porta tali e tanti nuovi, originali, convincenti argomenti contro Agosti che, dopo due ore d'appassionato eloquio, tutti alla fine si pronunziano fermamente per la colpevolezza dell'imputato.

Viene così presa all'unanimità la decisione di confermare la precedente condanna a trent'anni.

Nel pomeriggio il giudice, infrangendo il ritmo abituale della sua giornata, esce da casa e in macchina va a cercare nelle edicole il romanzo che non ha potuto finire di leggere. Ne trova una copia, torna a casa, la mette nel cassetto del comodino.

A sera, a letto, se lo rilegge cominciando daccapo, compiacendosi di come ha saputo utilizzare i ragionamenti dell'investigatore per far confermare la condanna ad Agosti.

Poi arriva alla pagina che mancava. La legge e si ritrova smarrito, attonito, in un bagno di sudore. Perché proprio in quell'ultima pagina l'investigatore ribalta la situazione e dimostra inequivocabilmente, incontrovertibilmente, che l'assassino non è il marito, Angelo Agosti, ma l'ex amante della giovane donna, l'ingegner Emilio Rosi.

16

Monsignor Costantino aveva superato da un pezzo la settantina ed era amato e venerato da tutti i fedeli per quello che era: un sant'uomo. Il suo comportamento come pastore d'anime era stato, in ogni momento e in ogni circostanza, più che esemplare, aveva convertito miscredenti e condotto al pentimento peccatori d'ogni genere, mogli infedeli e mariti adulteri, ladri, corruttori di minorenni, sfruttatori, bestemmiatori. E sempre con estrema umiltà, attribuendo alla volontà divina il merito d'ogni sua vittoria sul Male. E lui il Male era in grado di combatterlo in virtù della forza che gli davano le lunghe preghiere quotidiane, certo, ma anche a prezzo di una continua mortificazione della carne, fatta di digiuni, privazioni, flagellazioni. Se fosse stato sottoposto alla visita di un ipotetico apparecchio capace di registrare su carta i pensieri non leciti, il foglio sarebbe rimasto assolutamente intatto, candido.

Da dieci anni, ogni domenica mattina, predicava dal pulpito della cattedrale. La grande chiesa, allora, si stipava di fedeli, incantati dalla sua parola fluente e calda, che arrivava al cuore, e tanti restavano sul sagrato paghi di sentirne l'eco.

Sicché, quando il vescovo decise di far pubblicare dalla diocesi un settimanale, "La parola del buon pastore", volle che sul primo numero comparisse la firma di monsignor Costantino. Il quale, sulle prime, si schermì, sostenendo che, se era tollerabile lo scrivere, pubblicare invece costituiva un atto di vanità, un peccato veniale, ma pur sempre peccato.

Parlava a ragion veduta, anche se nessuno lo sapeva. Perché monsignor Costantino custodiva gelosamente in un cassetto quaderni e quaderni fitti di poesie e di brevi prose da lui composte fin da quando era entrato in seminario. Versi dedicati alla mamma e alla Madonna, al padre e al papa, alla bellezza del creato, allo Spirito Santo, al Natale. A Dio no, perché non andava nominato invano. E quante volte monsignor Costantino aveva resistito a fatica alla tentazione di leggerne qualcuna a un amico fidato!

Ma il vescovo tornò alla carica, ci teneva alla sua firma per una doppia ragione, una morale e l'altra economica. Era infatti convinto che la parola di monsignore, ispirata e salvifica, sicuramente avrebbe toccato l'anima dei lettori e fatto vendere più copie del settimanale. Anche stavolta il vescovo ricevette un rifiuto. Allora lo richiamò all'obbedienza e monsignor Costantino dovette cedere.

Scartò subito la tentazione di pubblicare una poesia. Temeva che qualche acuto lettore scorgesse tra quei versi il segno di una lunga frequentazione con accenti e rime e volesse saperne di più. Perciò scelse una breve prosa di gioventù, risaliva addirittura agli anni del seminario, che si intitolava *Il fornaio e il pane*. La rilesse, e gli tornarono a mente quei lontani anni, quando aveva dovuto tanto lottare giorno e notte per sottomettere allo spirito la sua carne giovane e desiderosa di piaceri terreni.

Era particolarmente soddisfatto di alcune righe che suonavano così:

> *Il fornaio levò la lastra di ferro che copriva l'apertura del forno. Ah, che gioia introdurre il pane in quell'antro che l'accoglie in sé, tra le sue pareti calde, e lo trattiene nelle sue profondità. In quell'ardente unione, il pane, da peso inerte qual era, s'intosta, cangia colore...*

Ricopiò e la spedì al settimanale.

La tiratura del primo numero della "Parola del buon pastore" fu di millecinquecento copie. Comparso nelle edicole cittadine alle otto di un lunedì mattina, fino alle ore undici ne erano state vendute una ventina di copie.

Ma dalle undici alle tredici una vera folla s'assiepò davanti alle edicole e tutta la tiratura si esaurì. Che stava succedendo? Gli edicolanti telefonarono alla redazione per avere altre copie perché stavano ricevendo migliaia di richieste. Pare che i lettori, appena comprato il settimanale, corressero a leggere la prosa di monsignor Costantino. Informato del caso, il vescovo esultò e ordinò una ristampa di duemila copie. In poche ore anche queste andarono a ruba. Allora il vescovo chiese al segretario che gli portasse una copia del settimanale, voleva rileggersi l'articolo di monsignore e tentare di capire il segreto di quello strabiliante successo. Aveva già letto quella breve prosa prima di farla inviare in tipografia e l'aveva trovata alquanto elegante sì, ma niente di più.

Il segretario a un tratto sentì un grido provenire dalla stanza del vescovo.

Accorse e lo trovò svenuto, la testa poggiata sul settimanale aperto sopra la scrivania. Nel soccorrerlo, l'occhio del segretario cadde sullo scritto di monsignore. E anche lui, di colpo, si sentì mancare.

La prosa di monsignor Costantino era stata deturpata dal correttore automatico del computer. Al posto della vocale *a* di *pane*, c'era un'altra vocale, la *e*.

A nulla valse una terza edizione del settimanale mondata dal refuso, prontamente apprestata in cinquemila copie e distribuita gratuitamente per strada. La gente, appena vedeva monsignor Costantino, o pensava a lui, non poteva trattenersi dal ridere a crepapelle.

Il sabato che venne, il monsignore chiese al vescovo d'essere esonerato dalla consueta predica domenicale. Ma il vescovo fu irremovibile. La predica aveva luogo durante la messa di mezzogiorno, ma la cattedrale era già traboccante di corpi fin dalle nove del mattino. Si rese necessario disporre due altoparlanti sul sagrato.

Pallidissimo e visibilmente tremante, monsignor Costantino salì sul pulpito. Si sentirono qua e là delle risatine subito soffocate. Il tema scelto era arduo e complesso: "Il rischio dell'inarrestabilità del peccato".

Fin dalle prime parole, tutti si resero conto che l'eloquio di monsignor Costantino non era più fluente e avvincente, pareva che esitasse a scegliere le parole, sembrava che s'avventurasse in una frase con la cautela di chi cammina su una lastra di ghiaccio. Scioccato dal refuso, il monsignore temeva di commettere un lapsus. E più lo temeva e più lo sentiva vicino, inevitabile. Per la tensione, gli abiti sacerdotali gli si erano ormai bagnati di sudore, quando il lapsus arrivò, micidiale e implacabile. Fu allorché, intendendo dire *il peccato è come quando una diga viene rotta da una fortissima pressione...*

Mentre la folla esplodeva in una risata oceanica, monsignor Costantino bestemmiò e ribestemmiò, incontenibilmente, dannando la sua anima per l'eternità.

17

Egle esce da casa felice, per una volta nella sua vita è in anticipo, non le è mai capitato. Ormai, a trentacinque anni, si è convinta che qualcosa, da sempre, ha congiurato contro di lei per non farla mai arrivare in orario agli appuntamenti. Una telefonata prolungatasi troppo, un bottone che si è staccato al momento d'allacciarlo, l'auto a corto di benzina. Guido, maniaco della puntualità, nell'ultimo incontro l'ha minacciata, furibondo:

«Se dopodomani arrivi con un ritardo superiore a cinque minuti, io, te lo giuro, me ne vado e qua non ci torno più. La nostra storia finirà così. Oggi ti sei presa quaranta minuti! Dico: quaranta minuti!»

E la guarda torvo come se fosse una ladra. Una ladra di tempo.

Lei ha le lacrime agli occhi, ma le viene anche da ridere. Com'è buffo, Guido, quando la sgrida standosene nudo sotto le lenzuola mentre lei si spoglia di corsa. Le sembra d'avere per amante un capostazione ossessionato dall'orario. Ma come fa a non capire quanto l'ama? Dopo cinque anni di matrimonio nel corso dei quali è rimasta sempre fedelissima a Gaspare, Guido è stato l'unico uomo capace di farle perdere la testa.

Entra in macchina, parte. Incredibilmente, incontra solo semafori verdi. Trova persino posto per parcheggiare in una stradina poco lontana da quella dove si trova l'appartamentino che Guido ha affittato per i loro incontri. Guarda l'orologio, arriverà in perfetto orario. Chiude a chiave lo sportello, si avvia, ma dopo tre passi si rende conto d'aver lasciato la borsa dentro l'auto. Torna indietro, recupera la borsa, si rimette in cammino a passo svelto. Ha perso due minuti soltanto, niente di grave. D'improvviso, qualcosa le blocca il piede destro. Barcolla, rischia di cadere. Si china a guardare. Il tacco della scarpa si è incastrato tra le sbarre di un tombino. Per quanti sforzi faccia, non riesce a liberarlo, anzi le pare che a ogni suo tentativo, il tacco affondi sempre di più.

Disperata, sfila il piede dalla scarpa, si china, afferra la scarpa con le due mani, la tira. Niente da fare, sembra incollata.

«Posso fare qualcosa?»

Egle alza gli occhi. L'uomo che le ha rivolto la domanda è un quarantenne elegante, alto, magro, bel volto maschio.

«Mi si è...»

«Vedo. Si scosti, per favore, provo io.»

Bella voce calda, profonda. Egle si alza. L'uomo prima tenta di estrarre la scarpa facendola ruotare su se stessa, ma la scarpa non si sposta di un millimetro. Allora l'uomo dà un forte strappo e il tacco finalmente viene via. Ma c'è un ma. Il tacco si è staccato di netto rimanendo incastrato. La scarpa è inutilizzabile. L'uomo guarda Egle, è imbarazzatissimo, a lei spuntano le lacrime.

«Sono molto dispiaciuto» dice l'uomo rialzandosi.

A Egle però è venuta in mente una soluzione. Alla fine della stradina c'è un negozio di scarpe, se ne comprerà un paio.

«Grazie» dice all'uomo.

E si avvia. Ma camminare sui sampietrini con una scarpa col tacco e una senza è difficile, due o tre volte rischia di cadere. L'uomo la raggiunge.

«Mi dia il braccio. L'accompagno.»

Egle, pur di far presto e di evitare altre complicazioni, obbedisce.

I due commessi del negozio sono impegnati. Egle freme.

«Permette? Mi chiamo Fabio Ansaldo» fa l'uomo.

«Piacere. Egle Bocci.»

L'ha detto distrattamente, il pensiero rivolto a Guido che l'aspetta.

Ma l'aspetta? Vorrebbe vedere l'ora, però non osa. Si guarda attorno, il negozietto vende roba tutt'altro che fine, non importa, nella vetrina interna c'è qualcosa di passabile. Finalmente viene il suo turno. Prima di sedersi per la prova, vorrebbe congedarsi dall'uomo che è stato così gentile. Ma quello rimane.

«Voglio essere certo che tutto sia a posto.»

Se la sbriga in dieci minuti. Ma al momento di pagare, s'accorge che dentro la borsa non c'è il portafogli, l'ha dimenticato a casa. Sbianca.

L'uomo s'accorge del suo imbarazzo, capisce. Senza dire una parola, va alla cassa, paga. Appena fuori dal negozio, Egle gli domanda dove potrà inviargli il denaro. L'uomo le sorride, le fa un inchino, s'allontana.

Egle comincia a correre, attenta però a dove mette i piedi.

L'appartamentino è al secondo piano, ma davanti

all'ascensore c'è una famigliola in attesa. Decide di farsi le scale. Arriva al pianerottolo col fiatone e nota un foglio appeso a un'anta della porta con una puntina da disegno. C'è scritta una sola parola: "Addio". Si mette a singhiozzare, accasciandosi sopra uno scalino. Sa che Guido, scrivendo quella terribile parola, non ha scherzato. Non vorrà rivederla mai più. Rimane a lungo così, immersa in un doloroso stordimento. Poi si rimette un po' a posto, si alza, prende l'ascensore, esce. Camminando, ogni tanto barcolla ma non per le scarpe, che anzi si rivelano molto comode, e nemmeno per i sampietrini. Mentre sta entrando in macchina, squilla il cellulare. È Gaspare, suo marito.

«Scusami, cara, ma volevo avvisarti che stasera avremo a cena il nostro ex rappresentante a New York, che è stato chiamato stabilmente a Roma. Poverino, è solo, non conosce quasi nessuno...»

«Va bene» fa lei stancamente.

Se non altro i preparativi la terranno occupata, non sarà ossessionata dal pensiero di quello stronzo di Guido. Sì, perché man mano che il tempo passa, al dolore si è sostituita una rabbia sorda contro quell'imbecille che in fondo non ha mai capito niente di lei, di com'è fatta. Che errori micidiali si fanno a volte nella vita!

Alle otto, Dina, la cameriera, sale ad avvertirla che il signore è arrivato con l'ospite e che l'attendono in salotto. Si dà un'ultima occhiata allo specchio. Sul suo viso nulla traspare di ciò che ha provato nel pomeriggio, si sente, ed è, bella.

Entra in salotto, i due uomini si alzano in piedi.

«Ti presento» dice suo marito «l'ingegner Fabio Ansaldo.»

L'uomo s'inchina, prende la mano che Egle gli porge.

«Felicissimo» dice.

Ha controllato la sorpresa in modo ammirevole. E anche quando, nel corso della cena, rimangono soli per un po' perché Gaspare è dovuto andare a rispondere al telefono, Fabio Ansaldo non ne approfitta per accennare al loro incontro pomeridiano. Dio, che meraviglia d'uomo! Che discrezione! Uno di cui ci si può ciecamente fidare. Una specie di angelo custode.

Solo quando si salutano, le loro mani indugiano nella stretta. E i loro sguardi, per un momento, s'incontrano.

"Ci rivedremo?" domandano gli occhi di lui.

"Sì. E anche presto" rispondono quelli di lei.

18

Nel corso della terza riunione, il presidente annunzia imbarazzato che purtroppo il corso riservato solo a manager d'élite, che sarebbe dovuto durare sei giorni, dovrà essere dimezzato. Un seguito di circostanze avverse, tra le quali, principalissima, la malattia di tre docenti e la loro difficile sostituzione per l'improvviso esplodere della crisi economica internazionale, ne rendono impossibile la prosecuzione.

Antonio Rocca, appena la riunione serale termina, telefona all'aeroporto, s'informa se c'è un volo che possa riportarlo da Parigi a Milano in nottata. È fortunato, il volo c'è, c'è anche il posto.

Sta per telefonare a sua moglie Carla per avvertirla del rientro anticipato, ma poi ci ripensa. Le farà una sorpresa. Se tutto va bene, sarà a casa verso l'una di notte. Aprirà la porta adagio adagio, si spoglierà senza fare rumore, si metterà a letto, abbraccerà Carla tutta calda di sonno... Dopo tre anni di matrimonio continua a desiderare Carla forse più della prima volta che sono stati insieme.

Lo coglie improvviso un pensiero. E se sua moglie gli telefona mentre è in volo e non può rispondere? Di sicuro allora Carla chiamerà l'albergo, le diranno che è partito, lei mangerà la foglia e la sorpresa andrà in fumo.

Meglio prevenire questa eventualità. La chiama al cellulare.

«Mi manchi» gli dice subito Carla.

«Abbi pazienza ancora per tre giorni» risponde lui.

«Com'è andata oggi?» si informa lei.

Antonio le fa il consueto riassunto della giornata. Poi si augurano reciprocamente la buona notte. Carla, prima di chiudere, fa un lungo sospiro di rassegnazione. Antonio gongola al pensiero della sorpresa.

L'aereo parte con un'ora di ritardo. E, all'atterraggio, ha recuperato solo una diecina di minuti. Al solito, c'è l'attesa per la restituzione dei bagagli.

Quando Antonio scende dal taxi davanti al portone del palazzo dove abita, sono le due passate.

Il suo appartamento è all'ultimo dei dodici piani, Carla l'ha scelto soprattutto per il vasto terrazzo che in breve ha tramutato in una specie di serra fiorita.

Antonio apre il portone, si dirige verso i due ascensori trascinando il trolley, entra in quello più vicino, preme il pulsante del dodicesimo piano, l'ascensore parte.

Di colpo, si ferma al quinto. È uno di quegli ascensori moderni che corrono incassati dentro il muro, la porta si apre automaticamente ogni volta che l'ascensore s'arresta. Ma stavolta la porta non scorre, rimane chiusa. Quindi c'è qualcosa che non va. Che si sia guastato?

Antonio non è un uomo che si perda d'animo facilmente. Intanto, potrebbe premere il pulsante d'allarme, per quanto sia poco probabile che il portinaio lo senta, a quell'ora starà dormendo profondamente. Ripreme il dodici, nessun risultato. Prova a scendere nuovamente al pianoterra, ma l'ascensore non si muove. Che fare? Tanto per provare, preme il pulsante del sesto piano. Miracolosamente, l'ascensore si mette in moto, ma è lentissimo, sembra muoversi di malavoglia e, quando arriva al sesto, la porta rimane bloccata.

Antonio decide di ripetere tutte le operazioni fatte sino a quel momento, forse l'ascensore gli farà guadagnare un piano alla volta. Preme il pulsante del dodicesimo, poi quello del pianoterra e infine quello del sesto. L'ascensore riparte, ancora più lento, ma non ce la fa ad arrivare al piano, si riferma a mezza strada. Non solo l'esperimento non ha funzionato, ma ha in un certo senso peggiorato la situazione.

A questo punto, Antonio si convince che l'unica cosa da fare è chiedere soccorso.

Preme l'allarme a lungo, e, per quanto tenda le orecchie, non gli arriva nessun suono. O il segnale d'allarme si è anch'esso guastato o suona ma lui da dentro l'ascensore non lo può sentire. Però, dato che non riceve nessuna risposta, è evidente che il segnale non lo sente nemmeno il portinaio. Desiste.

Improvvisamente prova una certa stanchezza, forse c'è poca aria dentro quella specie di tomba. Si siede sul trolley. S'accorge di star sudando.

Non potrà reggere ancora per molto lì dentro.

Bene, stando così le cose, non c'è che mandare al diavolo la sorpresa. Anche se ne è molto dispiaciuto.

Chiama Carla al cellulare, ma risulta spento. Inutile telefonarle al numero fisso. La porta della camera da letto è stata insonorizzata, nessun rumore può provenire dall'ester-

no. Ha voluto così sua moglie, che ha il sonno tanto legge-
ro che basta un fruscio di foglie a svegliarla.

Non rimane che rassegnarsi all'attesa. Guarda l'orologio. Le tre sono passate da poco. Nel suo palazzo non abita gente che si svegli molto presto. Il portinaio apre il portone alle sette. Quattro ore sono un'eternità.

Ma di sicuro alle sei il portinaio sarà già in piedi, a
quell'ora bisognerà riprovare con l'allarme. Avrà miglior
fortuna. Come impiegare però quelle tre ore?

In valigia ha un romanzo giallo. Lo recupera, si sistema sul trolley meglio che può, comincia a leggere. A un
certo momento sente le palpebre appesantirsi. Appoggia
la testa all'indietro, chiude gli occhi. S'addormenta senza
accorgersene.

Inaspettatamente, viene svegliato da un sussulto dell'ascensore. Mancano cinque minuti alle sei, ha dormito un bel po'. Si
alza, preme disperatamente tutti i pulsanti dei piani, l'ascensore non se ne dà per inteso. Fa suonare l'allarme e stavolta
una voce risponde. È il portinaio.

«Giacomo, sono il dottor Rocca. Ho passato la notte in
ascensore.»

«La tiro fuori subito.»

Invece, dopo una serie di sussulti e scossoni, di nuovo
la voce di Giacomo:

«Dottore, mi dispiace, ho dovuto chiamare il pronto
intervento.»

Tanto per passare il tempo, chiama Carla. Non s'aspetta che lei risponda.

E invece lei fa, subito allarmata:

«Perché chiami a quest'ora?»

«Non ti preoccupare, sono bloccato nell'ascensore di

casa nostra. Ti volevo fare una sorpresa. Ci vorrà ancora un'oretta.»

Più tardi, finalmente, quando la porta dell'ascensore si apre, Carla è lì che l'aspetta e l'abbraccia.

È chiaramente felice di rivederlo. Anche perché Giuliano ha avuto tutto il tempo per rivestirsi, aiutarla a rifare il letto in modo che sembri sia stato occupato solo a metà, e andarsene.

19

Stefano ha litigato ancora una volta con suo padre. Ma che gli ha preso al vecchio? Cos'è questa mania di spendere cifre enormi per costruire ospedali e scuole e condutture d'acqua in villaggi africani così sperduti che non sono registrati nemmeno sulle carte geografiche? Tutto è cominciato quando, a settant'anni, ha visto la morte in faccia a causa di un infarto.

La prima cosa che ha fatto è stata spendere un capitale per farsi costruire una specie di mausoleo nel cimitero del suo paesetto natale, in provincia di Palermo, dove, così ha disposto, dovrà essere sepolto.

Ma come? Ma se nel suo paese non ci ha più messo piede da oltre un quarantennio, da quando è emigrato in Canada?

Stefano è nato in Sicilia, a sei anni suo padre lo mise in collegio dai preti, a sette ebbe una grave malattia che lo tenne per sei mesi tra la vita e la morte, a otto venne portato con tutta la famiglia in Canada. Di questi suoi anni siciliani, forse anche a causa della malattia, Stefano non ha ricordi. E anche quando si sono arricchiti, lui non ha mai manifestato il desiderio di rivedere i luoghi natali. Sapendo, oltretutto, che suo padre non l'avrebbe incoraggiato. Anche lui pareva essersi dimenticato delle proprie origini. Almeno sino all'infarto.

La sera, a cena, si sfoga con Eileen. Sono sposati da otto anni. Stefano arriva ad affermare che suo padre, a causa dell'età, non ragiona più tanto bene. Sua moglie, più che amare il suocero, sembra esserne affascinata.

«Tuo padre ragiona benissimo» dice.

«Ma dài!»

«Siete cattolici, no?»

«Che c'entra?»

«C'entra. Tuo padre ha paura dell'aldilà, teme il giudizio del suo Dio e tenta di riscattarsi facendo opere di bene.»

«Ma riscattarsi da cosa?»

«Via, Stefano, lo sai benissimo! Mio papà non voleva il nostro matrimonio perché sosteneva che tuo padre era un autentico filibustiere. Lo sai quanti scheletri deve avere nell'armadio, come dite voi?»

Stefano ammutolisce. È un pensiero che l'ha spesso sfiorato. Anche perché suo padre non gli hai mai raccontato, in dettaglio, l'origine della sua fortuna.

L'indomani mattina torna alla carica con suo padre, stavolta l'affronta imponendosi la calma. Gli fa presente che con la grave crisi finanziaria che sta investendo il mondo forse non è il caso di privarsi di una somma così ingente. L'ospedale in Tanzania potrebbe aspettare un po', almeno fino a quando non è passata la bufera.

Ma il vecchio non se ne dà per inteso.

«Rimandare? E se intanto mi viene un altro infarto e muoio?»

Aveva ragione Eileen. Lo fa per sgravarsi la coscienza. Ma davvero la paura della morte riesce a fare di un uomo intelligente com'era suo padre una sorta di tremebondo sciocco che crede di poter barattare con Dio i suoi peccati facendo opere di bene a dritta e a manca? Crede sul serio che Dio abbia un libro dei conti a partita doppia, dare e avere?

Lui la fede l'ha persa. A sei anni ce l'aveva, eccome, vagamente si ricorda che nel collegio dei preti era portato in palma di mano per la sua devozione. Poi, quando è guarito dalla malattia, si è accorto che aveva smesso di pregare un Dio al quale non credeva più. Perché? Non se ne era nemmeno domandato il motivo.

Nei mesi seguenti, suo padre non si occupa più degli affari. Nel suo ufficio ora entrano architetti, ingegneri, medici che vanno e vengono dalla Tanzania. Tutti a lavorare sul progetto del grande ospedale.

Sulle spalle di Stefano adesso ricasca intera la responsabilità della guida dell'impero paterno. E inoltre la crisi paventata è sopravvenuta e gli procura notti insonni.

Con rabbia pensa al capitale immobilizzato per la costruzione dell'ospedale. Se l'avesse a disposizione, non avrebbe bisogno di correre da una banca all'altra, pagando interessi sempre più alti.

Un giorno suo padre gli comunica che andrà in Tanzania per la posa della prima pietra dell'ospedale. Sarà una manifestazione solenne. Stefano tenta di dissuaderlo.

«Papà, guarda che è un viaggio molto stancante, è pericoloso per la tua salute.»

«Non me ne importa.»

Ma il giorno avanti la partenza, suo padre cade e riporta

una storta che l'immobilizza. E allora pretende che a partire sia Stefano.

«Tu sei il mio sangue. Agli occhi del Signore, è come se ci fossi io.»

Stefano parte da solo, Eileen non l'ha voluto accompagnare. Il viaggio è interminabile, faticosissimo. Stefano ben presto si convince che suo padre si sarebbe certamente ammalato, meglio una storta che un altro infarto. Il destino, in fondo, è stato benevolo con lui.

All'indomani dell'arrivo lo portano, in jeep, fuori paese. Si fermano in una grande radura dove sono stati già compiuti gli scavi per le fondamenta: enormi ruspe e gru da ogni parte. Quando scende dalla jeep, una banda attacca qualcosa che ricorda l'inno nazionale italiano e Stefano viene guidato verso il gruppo delle autorità che l'attende. Lo presentano al primo ministro, a un altro ministro, all'ambasciatore e al vescovo cattolico, un uomo anziano, dal volto rugoso che, come gli dicono, è stato a lungo missionario da quelle parti. Il vescovo gli sorride, gli porge la mano, Stefano gliela stringe.

A un tratto il vescovo sgrana gli occhi. Stefano si sente gelare. E in un attimo il paesaggio attorno a loro scompare, il tempo comincia a scorrere vorticosamente all'incontrario, ora è sera, Stefano è un bambino di sei anni, il vescovo è un prete giovane, sono dentro una stanzetta, Stefano è nudo, sente le mani dell'altro che l'accarezzano, la bocca del prete posarsi sulla sua...

Poi il tempo riprende a srotolarsi, ci impiega un niente perché si rifaccia giorno, perché ricompaiano le ruspe e le gru, perché ritorni il suono della banda, perché Stefano ritrovi il suo corpo d'adulto.

Ma qualcosa dev'essere accaduto, perché il vescovo adesso è steso per terra e accanto a lui ci sono due persone inginocchiate, e uno di loro, stravolto, comunica ai presenti a fior di labbra:

«Non c'è più niente da fare.»

20

Curzio Franchi, il maggior competente italiano della pittura di Giorgio de Chirico, ha deciso di mettere la parola fine all'assurda polemica con Louis Letellier, il più noto e autorevole studioso francese della poesia di Guillaume Apollinaire. Tutto è nato da un lungo articolo di Letellier che era incentrato sul celebre ritratto di Apollinaire che De Chirico aveva eseguito nel 1914. Com'è risaputo, in quel ritratto De Chirico, del tutto inspiegabilmente, aveva dipinto Apollinaire come una sorta di sagoma da bersaglio contro un intenso fondo verde, con un buco sopra la fronte. E ad Apollinaire che gliene chiedeva la ragione, il pittore aveva bofonchiato una risposta incomprensibile. Ebbene, quando era scoppiata la guerra del '14-18, Apollinaire si era arruolato volontario per ottenere la nazionalità francese, dato che era nato in Italia da madre polacca e da padre ignoto, che si sussurrava fosse un cardinale. Aveva combattuto in prima linea finché una scheggia di granata, nel 1916, non lo aveva colpito alla fronte, esattamente nel posto dove De Chirico, due anni prima, aveva dipinto il buco. Con una esattezza al millimetro, stupefacente. Gli avevano dovuto trapanare il cranio e l'operazione era riuscita, costringendolo però a tenere a lungo in testa una specie di camauro. Era morto nell'autunno del 1918, di spagnola, aggravata dall'obesità che gli faceva funzionare male il cuore.

Orbene, nel suo articolo, Letellier si lasciava andare a un osanna sulle virtù profetiche di De Chirico, esaltandolo come una sorta di sciamano in grado di prevedere il futuro delle persone con le quali entrava in sintonia nel momento in cui posavano per lui. Il tutto finiva col gettare una luce teosofico-esoterica su De Chirico che a Curzio Franchi non andava giù. Perciò non aveva esitato a inviare un'ironica lettera al direttore della rivista d'arte nella quale era stato pubblicato l'articolo di Letellier. Franchi invitava lo studioso francese a esibire altre prove delle virtù divinatorie di De Chirico, non bastandone una sola. Aggiungeva, paradossalmente, che il solo buco sulla fronte di Apollinaire non poteva dirsi prova risolutiva in quanto il poeta non era morto per quella ferita. E allora che profezia era? E che razza di profeta era uno che si limitava a prevedere accidenti secondari quali un forte raffreddore o una storta al piede?

Piccato, Letellier aveva pubblicato un secondo articolo nel quale si sosteneva che tutti gli studiosi di De Chirico, e Franchi in particolare, non avevano mai capito niente della sua arte. Era De Chirico sì o no l'inventore della pittura metafisica? Letellier si permetteva di ricordare all'esimio collega italiano che la parola *metafisica*, bastava consultare un comunissimo dizionario, stava a significare qualcosa che prescindeva dal dato dell'esperienza. E cosa c'era di più al di là del dato dell'esperienza che la profezia? Non erano profetici delle future dittature i manichini lignei di

De Chirico, ex uomini ridotti a oggetti senza un volto e senza un'identità?

Franchi aveva ribattuto dando dell'ignorante a Letellier. Gli ricordava che De Chirico aveva usato l'aggettivo *metafisica* per la sua pittura prendendolo paro paro dalla denominazione data nel I secolo a.C. a quegli scritti di Aristotele che riguardavano le cause prime della realtà. Sapeva cos'era la realtà, il signor Letellier? E quindi quei manichini erano semmai preumani, forme ancora indefinite della realtà uomo. Altro che ipotetiche conseguenze delle dittature! E qui ti volevo! ribatté Letellier. Se tu, caro Franchi, ritieni che quei manichini siano forme antecedenti l'uomo, questo avvalora le capacità profetiche di De Chirico, in quanto gli uomini reali, una volta creati, molto assomiglieranno ai loro prototipi. E, tornando al ritratto d'Apollinaire, quale spiegazione razionale l'emerito professor Franchi poteva dare di quel buco?

Le cose stavano a questo punto quando Franchi ricevette l'invito da parte di un autorevole istituto culturale francese a recarsi a Parigi per un pubblico dibattito con Letellier.

E Franchi, deciso a farla finita, ha accettato. Siccome dall'istituto gli è stata richiesta una sua fotografia, si mette a sceglierne una. È un uomo che ha sempre evitato le comparsate televisive e le interviste, sono in pochi perciò a conoscere il suo aspetto. È indeciso tra due foto, ma una, quella che gli piace di più, è venuta con una macchia nera sulla guancia sinistra. Quella macchia gli fa nascere un'idea balzana, ogni tanto gli capita. Ci pensa su, la trova assai divertente, e la spedisce all'istituto. Sono i giorni che precedono il carnevale. Prima di partire, si reca in un negozio di maschere e giochi carnevaleschi e compra un neo di gommapiuma che s'attacca facilmente sulla pelle. Dopo l'arrivo a Parigi, si chiude in un bagno dell'aeroporto e si applica il neo in corrispondenza della macchia sulla foto.

Il dibattito è fissato alle diciotto. Franchi, dopo un pranzo solitario e un sonnellino, si riapplica il neo ed esce. Accanto al portone dell'istituto c'è un manifesto dell'incontro. Vi hanno stampato la sua foto con la macchia. Sembra addirittura scattata dopo l'applicazione del neo. La sala è gremita. Il direttore dell'istituto lo conduce in una stanza dove c'è già Letellier. Si stringono le mani, un falso sorriso sulle labbra. Il direttore comunica che darà per primo la parola a Letellier, essendo stato lui a generare la polemica. Inizia l'incontro. Franchi nota che sulla parete dietro al tavolo dove siedono c'è un manifesto identico a quello del portone. Dopo i saluti di rito, Letellier è invitato a parlare. L'esposizione dello studioso dura tre quarti d'ora, ma Franchi quasi non l'ascolta, tutto intento com'è a pensare a quello che dovrà fare. Finalmente la parola tocca a lui.

«Guardate, per favore, la mia foto sul manifesto. Vedete? Riproduce il neo che ho sulla guancia sinistra. Cosa direste se vi dicessi che quando ho fatto quella foto non avevo nessun neo e che il neo ha cominciato a spuntarmi quindici giorni dopo aver fatto la foto? Direste che il fotografo è un profeta, uno dotato di arti divinatorie?»

Il pubblico ridacchia. Letellier diventa livido. E Franchi prosegue.

Tra lo stupore e il divertimento generali, si toglie il neo e se l'applica alla guancia destra. E poi dice, serissimo:

«Sarebbe stato più giusto che il neo fosse dove l'ho messo ora perché la foto, che lo mostra sulla guancia sinistra, è stata stampata all'incontrario.»

Il pubblico ora si sganascia. Franchi si toglie il neo e se lo mette in tasca.

«E se non avessi nessun neo e quella sulla foto fosse una semplice macchia d'acido?»

È un trionfo. Franchi parla per un'altra mezzora, termina subissato dagli applausi. Letellier lascia la sala sdegnato. Il direttore invita a cena Franchi. Che decide di passare in albergo per cambiarsi. Piove a dirotto. Mentre aspetta il taxi davanti al portone dell'istituto, lo rasenta un'auto. Una piccola goccia di fango schizza per aria, sbatte contro la sua guancia sinistra, vi s'incolla, in tutto simile a un neo.

21

«Che hai fatto oggi?»

Stanno cenando e la domanda coglie di sorpresa Emma. In cinque anni di matrimonio, mai Arturo si è interessato a quello che fa lei quando lui è in ufficio. Perché questa improvvisa curiosità? Imbastisce una risposta.

«Sono stata in giro con Roberta per negozi, poi siamo andate al cinema.»

«Dove?»

«All'Ariston.»

«E che avete visto?»

«Un film americano, di Quentin Tarantino.»

Arturo non domanda altro, la sua curiosità sembra appagata. In realtà dalle tre alle cinque Emma è stata a fare l'amore con Marco e poi sono andati assieme al cinema. Ma Emma non si allarma troppo, mentre le rivolgeva le domande il tono di Arturo era come distratto, la mente rivolta altrove, agli affari. Senonché, due giorni dopo, Arturo torna alla carica:

«Che hai fatto oggi?»

Non può certo dirgli che ha trascorso il pomeriggio a letto con Marco.

«Niente. Non sono uscita.»

«Perché?»

«Non mi sentivo bene.»

«Che avevi?»

«Un po' d'emicrania.»

«Ah. E che hai fatto?»

«In casa? Ho visto un po' di televisione e ho letto un giallo.»

Ma che gli ha preso? Stavolta s'inquieta molto. E l'indomani mattina, appena Arturo è uscito, telefona a Marco.

«Arturo ha cominciato a farmi troppe domande, vuole sapere che faccio, dove vado, con chi... Mi preoccupa.»

«Pensi che abbia qualche sospetto?»

«Non so.»

«Io, al momento, non mi preoccuperei più di tanto. Ci vediamo oggi?»

«Non so, forse è meglio di no.»

«Facciamo venerdì alle tre?»

«E va bene.»

Ha accettato a malincuore. Saltare la settimana sarebbe stato saggio.

Il venerdì a fine pranzo, mentre sta bevendo il caffè, Arturo le domanda:

«Che farai oggi?»

Emma piomba nel panico. È la prima volta che mente preventivamente.

«Mah... ancora non so.»

«Non hai un programma?»

«Non ci ho pensato.»

Lui la guarda. Poi dice, in un modo che le pare allusivo:

«Me lo racconterai stasera.»

Arturo, ogni giorno, alle due e un quarto spaccate esce da casa per tornare in ufficio. Quel venerdì invece, va nello studio, telefona, consulta documenti. Quando va via, sono le tre e mezzo. Emma telefona a Marco.

«Non vengo. Sono certa che sa qualcosa. Ha un atteggiamento strano.»

Marco s'arrabbia, le dice che sono tutte fissazioni, le rimprovera di star cadendo nell'isterismo. Ma Emma è irremovibile, ha troppa paura.

Litigano. Poi Emma telefona a Roberta, le racconta tutto, vuole conforto e consiglio. Roberta la va a trovare, per l'amica si farebbe in quattro. Anche lei è del parere che nell'improvvisa curiosità d'Arturo ci sia qualcosa che non va, che è meglio essere prudenti, non vedersi con Marco per qualche tempo. E poi, in questa obbligata pausa di riflessione, che Emma mediti su Marco. Hanno litigato perché Emma non vuole mettere a repentaglio il matrimonio. Marco non vuole capire le sue ragioni. Non gliel'ha sempre detto lei all'amica che cedere a Marco sarebbe stato un errore? Che è un egoista che pensa solo a se stesso? Che non vuole rendersi conto che una donna sposata non può godere di un'assoluta libertà?

«Marco ti farà del male, vedrai.»

Squilla il cellulare di Emma. È Arturo.

«Che stai facendo?»

«Mi è venuta a trovare Roberta e ce ne stiamo a chiacchierare.»

«Ciao. A stasera.»

«Lo vedi?! Non l'ha mai fatto!» esclama Emma illividita.

Squilla il telefono fisso. Va a rispondere.

«Scusa, mi sono sbagliato» fa Arturo riattaccando.

Emma strilla, isterica:

«Lo vedi che avevo ragione? Ha telefonato per vedere se veramente ero a casa!»

Anche Roberta la pensa così. Ormai è chiaro che Arturo sospetta o peggio sa qualcosa. Forse la soluzione migliore è troncare con Marco. E mostrarsi estremamente affettuosa con Arturo, cancellargli i sospetti. Oltretutto Arturo è un brav'uomo, non fa mancare niente a Emma, è troppo preso dagli affari, è vero, è incapace di esternare i propri sentimenti, è vero, ma l'ama sinceramente, profondamente, e questo è altrettanto vero.

E proprio in quel momento il cellulare di Emma suona.

«È Marco. Che faccio, rispondo?»

«Sì. E taglia» suggerisce Roberta.

Dopo mezzora di accuse e contraccuse, di recriminazioni e anche d'insulti, Marco urla che è finita, che non si vedranno mai più. Emma s'abbandona in lacrime tra le braccia dell'amica.

Roberta è appena uscita da casa di Emma che la raggiunge una telefonata di Marco.

«Paolo è ancora a New York?»

Paolo è il marito di Roberta.

«Sì. Perché?»

«Emma mi ha lasciato. Ma io non ce la faccio senza di lei. Ho bisogno di parlarti, vorrei che tu la convincessi a... Posso venire dopo cena?»

«T'aspetto.»

Certo che l'aspetta. E anche con una certa impazienza. È da un mese che ha deciso di prendersi Marco fregandolo a Emma. Fino a questo momento non ha sbagliato una mossa. E sicuramente stanotte saprà consolarlo tanto da fargli dimenticare Emma. Che è una povera cretina che si merita questo e altro.

L'indomani mattina Roberta indugia a letto, più che soddisfatta di come sono andate le cose. Con Marco si rivedranno il giorno appresso. Il suo cellulare squilla. È Arturo.

«Volevo ringraziarti per i tuoi consigli. Sei una vera amica. È bastato che le facessi qualche domanda e lei ha capito, come prevedevi tu, che io m'interessavo a lei, che le ero sempre vicino anche quando stavo in ufficio... Siamo tornati ad amarci come... come... grazie, grazie, grazie!»

«Ma figurati!» dice Roberta. «Farei di tutto per la felicità di Emma.»

22

Babbo, certe notti, diventa assai cattivo con mamma. Per fortuna non capita spesso, possono passare anche due mesi senza che le faccia male.

Mino ne ha parlato con Radu, un romeno, compagno di scuola e amico del cuore. Radu sa tante cose, chissà dove le ha imparate, e non ci ha pensato su un momento:

«Certamente tuo padre è un Dracula.»

Mino si è fatto spiegare cos'era un Dracula. La spiegazione l'ha atterrito, ma non convinto del tutto. Aspetta che si presenti l'occasione per vedere se Radu ha torto o ragione.

La sua cameretta confina con la camera da letto dei genitori. Le testiere del suo letto piccolo e quello di babbo e mamma poggiano entrambe contro la sottile parete divisoria tra le due stanze.

La prima volta successe perché venne svegliato da un rumore ritmico, come se qualcuno bussasse alla parete. E siccome il bussare continuava, si alzò e si diresse verso la camera dei genitori. Voleva entrare, ma la porta era chiusa a chiave e la chiave, ostruendo la toppa, impediva di vedere dal buco della serratura. Sentiva mamma lamentarsi forte, poverina. E babbo che le diceva, rabbioso:

«Zitta! Stai svegliando il vicinato!»

Non sapeva che fare. Poi mamma lanciò un grido e tutto finì.

La seconda volta fu più fortunato. All'insistente bussare si alzò e andò davanti alla camera da letto dei genitori. Stavolta la porta era semichiusa. Lui, sporgendo la testa, poté vedere tutto distintamente perché i lumi sopra i comodini erano accesi. Babbo e mamma erano coperti dal lenzuolo, ma era chiaro che babbo le stava di sopra e forse le dava ginocchiate nella pancia così forti che il letto si muoveva tutto e la testiera sbatteva contro la parete.

I lamenti della povera mamma erano così strazianti che gli venne voglia di piangere. Dovette andarsi a rinchiudere nella sua stanzetta per non farsi scoprire.

E stanotte, finalmente, è tornato il bussare alla parete. Si alza, la porta è chiusa a chiave, ma dal buco della serratura qualcosa si riesce a vedere.

Babbo e mamma sono nudi sopra il letto. Mamma fa finta di essere un cane, babbo è dietro di lei, tutto piegato sopra il suo corpo e a un tratto mamma dice, e Mino la sente distintamente:

«No, ti prego, non mordermi! Che poi mi restano i segni!»

Si ritrae inorridito, corre a rifugiarsi nella sua stanzetta. Ormai non c'è più dubbio, Radu ha ragione, babbo è un Dracula che ha morso la mamma per succhiarle il sangue. E tornerà a succhiarglielo fino a quando mamma non diventerà pallida pallida e infine morirà, trasformata in una statua di cera. Deve salvare mamma a tutti i costi. Ma come fare? Si consiglia con Radu.

«Tua madre porta al collo una catenella col crocefisso?»
No, non la porta.

«Peccato» dice Radu, «se la portasse sempre addosso, Dracula non potrebbe aggredirla.»

Ci pensa un poco su e poi suggerisce:

«Si potrebbe tentare con l'aglio.»

E gli spiega che i Dracula stanno alla larga dall'aglio. Ma non è possibile riempire d'aglio la camera da letto di babbo e mamma, l'aglio puzza e poi mamma lo detesta, non condisce mai con l'aglio.

Allora Mino fa una bella pensata. Siccome fra tre giorni è il compleanno di mamma, Mino, appena nonna Agnese lo va a trovare, le dice che vorrebbe regalare a mamma una catenina col crocefisso, ma non ha i soldi. Nonna si commuove, se lo stringe al petto. Nonna bazzica sempre coi preti e litiga con mamma che non va mai a messa.

«I soldi te li do io. Domani pomeriggio usciamo assieme e l'andiamo a comprare.»

Però mamma la catenina la porta solo il giorno del suo compleanno. Poi se la toglie e non se la rimette più.

Mino è disperato. Ma a poco a poco un'idea comincia a pigliare forma nel suo cervello. E se facesse prendere un bello spavento a babbo mentre è trasformato in Dracula? Forse lo spavento lo farebbe tornare per sempre normale. Come si fa con il singhiozzo. Ma come spaventarlo?

Radu si mostra scettico, anche se non del tutto contrario.

«Forse con un bel botto...»

Capodanno è passato da poco e i meridionali botti ne hanno fatti tanti. Il papà di Pasqualino, un loro compagno, pare che addirittura li fabbrichi.

Pasqualino, interpellato da Mino che gli ha confidato la sua intenzione, si rivela un vero esperto.

«Bisogna che venga a casa tua.»

Il giorno appresso mamma gli dice che l'indomani andrà da zia Ernesta e lui dovrà accompagnarla. Mino si rifiuta, protesta che deve fare i compiti. Mamma insiste perché non si fida di lasciarlo solo a casa. Mino la rassicura dicendole che inviterà Radu e Pasqualino.

Appena arrivato, Pasqualino si ficca sotto il letto di babbo e mamma. Poi invita Mino a raggiungerlo.

«Domani ti darò un botto piuttosto forte. Tu la parte superiore la devi incastrare proprio qui, tra la rete e il legno del letto. L'innesco si accende per sfregamento. Quando tuo padre si trasformerà in Dracula e lotterà con tua madre, il movimento provocherà lo scoppio. Quindi puoi sistemarlo quando vuoi.»

«E se la cameriera quando rifà il letto lo fa scoppiare?...»

«Non succederà. Per accorgersi del botto bisognerebbe togliere il materasso e il tempo per rifare il letto non basta per farlo scoppiare.»

Il botto è al suo posto da un giorno quando babbo, a tavola, annunzia a mamma che deve partire e che starà fuori una settimana. Poco male, il botto può aspettare. Tre giorni dopo che babbo è partito, Mino viene svegliato dal solito bussare. Si vede che babbo è tornato in anticipo. Ma stavolta il bussare è assai più forte del solito e i lamenti di mamma si sentono addirittura attraverso la parete. Babbo dev'essere assetato di sangue. Povera mamma! Ma avrà ancora poco da soffrire, questo è certo. Mino infila la testa sotto il cuscino e attende. Il botto è così forte che, anche se se l'aspetta, lo fa sobbalzare. Sente un grido acutissimo di mamma e poi la sua voce che urla:

«Aiuto! Aiuto!»

Poi mamma, con addosso le sole mutandine, irrompe nella stanzetta, lo prende in braccio, lo porta fuori sul pianerottolo. Passando per il corridoio Mino ha visto il letto in fiamme. Tutti i vicini sono sul pianerottolo e sulle scale, uno è entrato nell'appartamento con un estintore.

Ma che ci fa a casa loro, avvolto in un lenzuolo, il signor Edoardo, il socio di papà, che se ne sta a testa bassa in un angolo, isolato come un appestato?

23

Amalasunta ha sedici anni, frequenta il primo liceo classico ed è una bella ragazza, ma lei si vede brutta, sgradevole, e si detesta. Detesta anche il proprio nome, che era quello della nonna materna, la quale apparteneva a una nobile famiglia dove le Amalasunte e i Gedeoni si sprecavano. Come ha saputo dopo, imporle quel nome è stata una manovra dei suoi genitori per ammorbidire la nonna, alla quale quel matrimonio non era andato giù. La manovra è riuscita, la nonna ha lasciato tutti i suoi beni, che sono tanti, a lei, la nipotina che porta il suo stesso nome.

Amalasunta ha un'amica del cuore, Ornella. Lei sì che è bella, infatti ha molti ragazzi che le ronzano attorno. E Ornella puntualmente le confida come bacia Giovanni, che carezze piacevolissime sa farle Augusto e soprattutto, nei minimi dettagli, quello che lei e Giancarlo fanno nei loro settimanali convegni amorosi, quando i genitori di lui lo lasciano solo in casa perché se ne vanno il fine settimana in campagna. Amalasunta non riesce a capacitarsi del fatto che a Ornella piaccia così tanto stare con Giancarlo. Lei coi ragazzi ha chiuso. Le poche esperienze che ha avuto le sono bastate. Gli uomini sono esseri stomachevoli, non vogliono che una cosa sola. Anche da una brutta come lei. Per esempio, quell'antipatico bavoso del professor Galeazzi, che insegna storia e la chiama l'ostrogota perché c'è stata una regina degli ostrogoti che aveva il suo stesso nome, se la interroga facendola venire alla cattedra, la guarda come se volesse spogliarla con gli occhi. È chiaro che ha preso una grossa sbandata per lei. Un vecchio di quarantacinque anni, sposato, oltretutto con la preside, e con un figlio, Vanni, che ha la sua stessa età ma che sta in un'altra sezione. Ogni interrogazione è una tortura. Galeazzi infatti la sottopone a una gran quantità di domande difficilissime, esige date precise, episodi impeccabilmente tra loro correlati, tutte le interpretazioni storiche di un determinato evento. A lei, a un certo momento, viene il fiato corto. E Galeazzi come ipnotizzato non stacca più gli occhi dalla camicetta che si alza e s'abbassa mentre continua a pressarla di domande. Infine, fa in modo che un errore sia inevitabile. E subito, appena capita, sorride maligno e sibila:

«Non meriti più di quattro!»

E mentre torna al suo posto Amalasunta ne sente lo sguardo voglioso, appicciato sulle sue natiche come se fossero delle ventose.

«Come ti desidera!» ridacchia Ornella che è sua compagna di banco. «Perché non ci fai un pensierino, poveraccio? Così non prenderai più quattro. Se vuoi, organizzo tutto io.»

«Piuttosto morta» risponde Amalasunta.

Quando porta a casa le pagelle, la mamma si meraviglia di quell'unico quattro in storia. Gli altri voti oscillano tra il sei e il sette. Amalasunta non le fornisce nessuna spiegazione. Allora la mamma decide di andare a parlare col professore. Dentro di sé, Amalasunta se la ride. Non sarà facile per quello stronzo di Galeazzi spiegare a mamma il suo comportamento. Mamma le somiglia come una goccia d'acqua, sembrano gemelle, solo che mamma è bella mentre lei è brutta, è una che affronta i problemi di petto e fino a quando non li ha risolti non molla.

Quando mamma ritorna dall'incontro, Amalasunta le domanda com'è andata. Mamma sembra avere la testa altrove, è evasiva.

«Be', abbiamo parlato. Vedrai che andrà meglio. Ah, è successa una cosa curiosa. Lo sai che Galeazzi lo conoscevo già?»

«Vi conoscevate già?»

«Siamo stati compagni al secondo e al terzo liceo. Poi suo padre è stato trasferito in un'altra città e ci siamo persi di vista.»

«Anche allora era così antipatico?»

«No.»

La prima volta che Galeazzi l'interroga dopo il colloquio con mamma, è la solita tortura. Però alla fine Galeazzi le dà cinque. All'interrogazione successiva, il voto si alza a sei. E non solo. Ora Galeazzi non posa più gli occhi su di lei in quel modo osceno che la irritava. È diventato indifferente, la guarda come tutte le altre ragazze, senza nessuna particolare attenzione.

Un giovedì pomeriggio che mamma è uscita per andare a trovare la sua amica Gianna e lei ha finito di studiare, non le va di restare in casa. Ornella le ha detto che in via Farano, all'estrema periferia sud, hanno aperto un centro commerciale frequentatissimo dai ragazzi dove si trova roba buona e a poco prezzo. Ci va ma non c'è niente che faccia per lei.

Appena fuori, vede uscire una coppia dal portone del palazzo di fronte. Lui con un braccio cinge il fianco di lei. Lei tiene la testa appoggiata a una spalla di lui. Rimane immobile, agghiacciata. Mamma e Galeazzi. Li segue con lo sguardo. Accanto a un'auto parcheggiata, che Amalasunta riconosce essere quella della mamma, si baciano. Poi mamma sale in macchina e va via. Galeazzi cammina ancora un po', arriva accanto a un'altra auto, vi entra, parte. Amalasunta guarda l'orologio, le diciotto e trenta. Non si regge in piedi, arriva a stento al più vicino bar, crolla sopra una sedia.

Torna tardi per la cena, subisce in silenzio il rimprovero della mamma. Va a letto e rimane sveglia tutta la notte. Ora si rende conto che Galeazzi la guardava in quel modo perché gli ricordava la mamma giovane. Devono avere avuto una storia quando sono stati compagni di liceo. Una storia che è tornata a divampare appena si sono rincontrati.

Lentamente comincia ad assalirla una gelosia feroce nei riguardi di mamma, che non considera più una madre ma una rivale. È furiosa contro Galeazzi, che l'ha offesa come donna. L'ha buttata via appena non gli è più servita, come si fa con la brutta copia di un tema. E decide, freddamente, di vendicarsi di tutti e due.

Comincia a seguire la mamma quando esce. Poi non ha più dubbi, i due amanti s'incontrano ogni giovedì dalle quindici e trenta alle diciotto e trenta in via Farano. Allora, un giovedì mattina, saputo che Anna Tosi e Tonina Rossi, le due più pettegole della classe, festeggiano quel giorno l'una il compleanno e l'altra l'onomastico, le invita ad andare con lei nel pomeriggio nel centro commerciale di via Farano, potranno scegliere quello che vorranno,

pagherà lei. È più che certa che Vanni, il figlio di Galeazzi, perso com'è dietro a Tonina, vorrà accompagnarla. E
infatti si presenta anche lui. Anna e Tonina s'approfitta-
no della generosa offerta dell'amica. Alla fine, Amalasunta fa in modo che tutti loro si vengano a trovare davanti
al portone del palazzo di fronte proprio mentre Galeazzi e mamma ne stanno uscendo, teneramente abbracciati.

«Ciao» li saluta Amalasunta.

Galeazzi e mamma si bloccano pallidi e impietriti. Non
pensano nemmeno a sciogliersi dall'abbraccio. Vanni, con
una specie di gemito, volta le spalle e scappa. Anna e Tonina fissano la coppia a bocca aperta e lingua in fuori, come
due vipere pronte a scattare.

«Il professore già lo conoscete» prosegue Amalasunta
disinvolta e mondana. «Mi fa tanto piacere invece presen-
tarvi mamma.»

24

Aurelio Paglia, molti anni prima, ha ereditato dal padre una fortuna in palazzi, magazzini, terreni edificabili. Aurelio ha un fratello, Pino, che però è stato diseredato in seguito a insanabili contrasti familiari. A onor del vero, tutti provocati dallo stesso Pino, dotato di un brutto carattere, ostinato, addirittura protervo e irrispettoso. Oltretutto è sempre stato uno scialacquatore dalle mani bucate. Quante volte suo padre è dovuto intervenire per tirarlo fuori dai guai con creditori inferociti, donne abbandonate, ufficiali giudiziari!

Com'era prevedibile, Pino ha impugnato il testamento, ma il tribunale gli ha dato torto. Da allora, e son passati vent'anni, Aurelio non ha più avuto notizie del fratello. Non se n'è dispiaciuto più di tanto: lui, con Pino, maggiore di un anno, non s'era preso nemmeno quando erano bambini. Stavano sempre a litigare e a fare a botte. L'unica che avesse dimostrato affetto e comprensione per Pino era stata Annamaria, la moglie di Aurelio, che aveva tentato in tutti i modi di sanare la frattura tra i due fratelli. Poi, con la nascita di Emanuela, la loro unica figlia, pure Annamaria aveva troncato ogni rapporto con Pino.

Da quando è nato, Aurelio ha abitato nella villa che una volta era quella dei suoi genitori. Non ha mai avuto bisogno di lavorare, o meglio, ha lavorato in proprio, amministrando con sagacia i suoi beni.

Adesso sua figlia Emanuela sta per sposarsi e Aurelio, che l'adora, vuole per lei un matrimonio sfarzoso. Anche Annamaria è d'accordo.

Quindici giorni avanti la data stabilita per la cerimonia nuziale, Aurelio trova tra la posta del mattino una lettera che l'incuriosisce ancor prima d'aprirla. Non c'è il mittente e la carta bianca della busta, con sopra il suo nome e indirizzo scritti a macchina, è un po' ingiallita.

Allora guarda l'annullo postale. E scopre, con stupore, che quella lettera è stata spedita da Firenze ben vent'anni avanti. Guarda e riguarda la data, non credendo ai propri occhi. Be', sì, ha letto qualche volta sui giornali di lettere o cartoline arrivate a destinazione dopo dieci o venti anni, ma non riesce a persuadersi che la cosa sia potuta accadere a lui.

Esita ad aprirla, si sente a disagio. Oltretutto a Firenze non conosce nessuno. Finalmente si decide.

Nota subito che la lettera è scritta a mano, al contrario dell'indirizzo. E non ha bisogno di andare a leggere la firma per riconoscere la grafia. È quella di suo fratello Pino. Sono poche righe:

Non hai risposto alla mia ultima disperata richiesta d'aiuto. Bene, non mi farò più vivo con te. Sappi, comunque, che mi devi molto. Avrei potuto vendicarmi sconvolgendoti la vita. Non lo farò.

Pino

In calce, Pino ha scritto l'indirizzo fiorentino. Sarà ancora valido?

Aurelio è in preda a sentimenti contrastanti. È vero, non aveva risposto alla lettera nella quale suo fratello gli diceva di essere malato e di avere estremo bisogno di un aiuto economico. Ma sono trascorsi tanti anni e adesso sente che l'avversione, l'inimicizia, il risentimento di un tempo si sono molto appannati. E s'avvede d'essere turbato da quella possibilità accennata da Pino, e cioè che la sua tranquilla esistenza avrebbe potuto essere minacciata da qualcosa che non conosce. Inoltre gli pesa assai d'avere un debito di gratitudine verso suo fratello. Dell'autenticità dell'affermazione di Pino non dubita un momento. Tutto si può dire di lui tranne che sia un bugiardo o uno che s'inventa le cose.

E ora che fare? D'ignorare la lettera cestinandola non se la sente, sapere di avere una minaccia sulla testa e a lui ignota lo fa stare a disagio. E se Pino cambiasse idea e si decidesse a mettere in pratica la minaccia?

Più che spaventato, è estremamente incuriosito. Sa di non avere commesso colpe gravi, forse per mancanza di coraggio piuttosto che per onestà. Si costringe a un severo esame di coscienza, al termine del quale non emerge un solo fatto che, se conosciuto, possa sconvolgergli la vita, come scrive Pino.

Comunque, la notte che segue non riesce a prendere sonno. E la mattina appresso le parole di quella lettera sono un tarlo che gli rode il cervello.

Sull'elenco telefonico di Firenze non risulta nessun Pino Paglia. Si persuade che scrivere all'indirizzo in calce sarebbe inutile, di sicuro la lettera gli tornerebbe indietro con la dicitura "destinatario sconosciuto". La cosa migliore da fare è andarci di persona, se Pino avrà cambiato indirizzo, forse riuscirà a ottenere lo stesso qualche informazione utile.

La mattina dopo è in treno, diretto a Firenze. Ha detto ad Annamaria che ci andava per affari e quella a momenti nemmeno ci ha fatto caso, immersa com'è nei preparativi del matrimonio.

Il taxi si ferma davanti a una casa a tre piani in periferia, un po' malandata.

Non c'è citofono. Si fa coraggio, bussa alla prima porta a destra. Gli viene ad aprire una giovane donna con un bambino in braccio. Aurelio le dice che vorrebbe notizie di un suo amico che abitava lì una ventina di anni avanti. La giovane gli risponde che ora il suo amico sicuramente non abita più lì e lo spedisce dalla signora Ciarrocchi, al secondo piano, che è la proprietaria della casa. La signora Ciarrocchi è un'ottantenne dotata ancora di buona memoria. Ma come, non l'ha saputo? Il povero signor Pino è morto di un male incurabile, saranno proprio una ventina d'anni fa. Conviveva con una professoressa, ora in pensione, si chiama Elvira Rota, che poco dopo però ha cambiato casa: non ce la faceva a reggere in mezzo a tanti ricordi, amava molto Pino.

E se suo fratello si fosse confidato con lei?

«Sa dove è andata ad abitare la signora Rota?»

Certo che lo sa, sono rimaste buone amiche, ogni tanto si vedono. Se vuole, può andarci a piedi, non è molto distante.

La signora Rota, alla quale si presenta come un lontano parente di Pino tornato da poco dall'estero, tiene addirittura una foto di suo fratello in salotto. È chiaro, dalle sue parole, che lo ha veramente amato ed è altrettanto chiaro che Pino non le ha fatto nessuna rivelazione, perché la donna parla della rottura familiare come di una faccenda che gli ha procurato molto dolore ma che lui considerava, negli ultimi mesi di vita, come definitivamente chiusa. Poi dice una frase che stupisce molto Aurelio.

«L'unica cosa che lo faceva disperare era non poter rivedere... aspetti.»

La donna si alza, va in un'altra stanza, torna con una piccola foto che mostra un esserino dentro una culla.

«Diceva che questa era sua figlia. Non mi ha mai voluto dire chi fosse la madre.»

E il mondo, attorno ad Aurelio, va a pezzi. È la foto di sua figlia Emanuela a un mese. Ne ha una identica, a casa, nell'album di famiglia.

25

Eccellenza reverendissima,

sono don Virgilio Laspera, da oltre trent'anni parroco di Sant'Anna, un villaggio di montagna di quattrocentocinquanta abitanti. Due anni fa, alle consuete lezioni di catechismo che tengo ogni sabato pomeriggio ai pochi bambini che s'apprestano a fare la Prima Comunione, capitò un fanciullo di sei anni, Berto Zanon, figlio di umili contadini semianalfabeti, del quale avevo già sentito elogiare, dalla sua maestra di prima elementare, la strabiliante intelligenza e l'inconsueta capacità d'apprendere.

Già dal primo incontro, il piccolo si mostrò sempre attentissimo. Stava seduto in pizzo alla sedia, come pronto a scattare, gli occhi fissi su di me, e mi pareva di vedere quasi il percorso che ogni mia parola faceva dentro di lui, come arrivava al suo cervello e come il suo cervello si metteva in moto per collegarla ad altre parole, sistemandola in un ordine logico. Fu quando raccontai che Dio aveva da un mucchietto di fango modellato l'uomo a sua immagine e somiglianza, inalandogli col suo soffio lo Spirito, che Berto alzò due dita chiedendomi il permesso di rivolgermi una domanda. Aveva la fronte aggrottata, sembrava turbato.

«Che bisogno aveva Dio di riprodursi?» mi chiese.

Equivocai. Gli risposi che essere fatti a immagine e somiglianza di Dio non significa essere Dio.

«Ho malposto la domanda» fece. «Cercherò di essere più chiaro. Se l'uomo è stato creato a immagine e somiglianza di Dio, vuol dire che anche Dio possedeva gli organi della riproduzione.»

Rimasi attonito, prima che per la domanda stessa, dalla incredibile proprietà di linguaggio del bambino. Qua tutti parlano in dialetto o in un italiano rozzo ed elementare. Gli risposi che con "immagine e somiglianza" s'intendeva dire che Dio aveva dato all'uomo l'intelligenza e il libero arbitrio. Non sembrò persuaso, ma non domandò oltre. Da allora, mi creda, cominciò per me un autentico calvario. Quel bambino pareva conoscesse profondamente tutte le secolari eresie condannate dalla Chiesa, le sue domande si facevano sempre più acute e penetranti. Confesso d'essermi venuto a trovare più volte in estrema difficoltà. Poi m'accorsi che, al termine d'ogni incontro, gli altri bambini si facevano spiegare da Berto il significato delle sue osservazioni, che in chiesa non avevano capito. E Berto le spiegava in dialetto, con parole semplici, che facevano immediata presa su quei cervellini immaturi, su quelle anime candide.

Alla fine degli incontri mi venni a trovare in un grave imbarazzo. Sinceramente, non me la sentivo di farlo accedere alla Comunione. Eppure avevo avuto modo di constatare, confessandolo, l'autenticità e la sincerità del suo sentire. Egli era del tutto ignaro della scarsa ortodossia, dico così a voler essere generoso, di quello che gli passava per la testa. Gli domandai come mai gli venissero quelle idee.

«Pensando» fu la risposta.

Fu lui stesso, quasi mi avesse letto nel pensiero, a togliermi dall'imbarazzo.

«Se lo ritiene, convinco i miei a rimandare la Prima Comunione.»

Nei mesi che seguirono, cominciai a notare che la messa domenicale, alla quale partecipava di solito quasi l'intero villaggio, raccoglieva sempre meno fedeli. Ne domandai la ragione a qualche parrocchiana, ma ne ricevetti risposte vaghe e ancor più vaghe promesse di maggiore assiduità. Non riuscivo a capire cosa stesse capitando e finii per darmene la colpa. Ritenni che la quotidianità dei riti e la mia età ormai avanzata avessero in parte offuscato lo splendore della mia fede tramutando tutto in una stanca routine. Ottenni, adducendo ragioni di salute, di farmi sostituire per un mese e mi feci ospitare in un convento francescano.

Tornai alla mia chiesa rinfrancato e con ritrovato entusiasmo. Ma don Martino, che mi aveva sostituito, m'informò che la sua presenza non aveva mutato le cose. Ormai i miei fedeli consistevano in cinque vecchiette, in due uomini assai avanti negli anni, e in un ventenne, Arcangelo Ottoz, d'esaltata fede.

Una domenica mattina verso le dieci, si era in piena estate, casualmente notai gruppi di paesani che, vestiti a festa come facevano quando venivano in chiesa, salivano lungo una mulattiera che conduceva alla "grande baita", a mezza costa della montagna che sovrasta il villaggio, da anni disabitata e chiamata così perché aveva un ampio stazzo coperto. Nessuno di quelli che avevo visto si presentò alla messa di mezzogiorno. Fu così che, informandomi con discrezione, venni a sapere che i miei ormai ex fedeli ogni domenica mattina alle dieci e mezzo si riunivano nella grande baita per ascoltare la parola di Berto. Proprio così, la persona da me interpellata usò l'espressione "la parola di Berto".

Spesso la grande baita era stata la meta delle mie solitarie passeggiate, e sapevo che vicinissima allo stazzo c'era una grotta del tutto celata dalla vegetazione. La domenica successiva già dalle otto del mattino ero nascosto dentro la grotta. Alle nove e mezzo arrivò Berto, solo. E si mise a giocare con un cane randagio. L'osservai e non altro vidi che un comunissimo bambino che si divertiva a stuzzicare un cane. E continuò a giocare fino a quando dentro allo stazzo coperto si trovarono riunite circa trecento persone. Allora Berto smise, salì su un mucchio di pietre e cominciò a parlare. L'ascoltai, turbato e affascinato.

Un paragone blasfemo mi passò per la mente. Per un attimo, mi sembrò d'ascoltare non il piccolo Berto che parlava a dei contadini, ma, Dio mi perdoni, Gesù al Tempio. Quella mattina negò la verginità di Maria, la definì un'ipocrisia. Abilmente sostenne che Gesù era stato concepito come veniamo concepiti tutti, che non c'era stato nessun intervento dello Spirito Santo, che Maria aveva partorito con dolore e questo la rendeva più grande proprio perché uguale a ogni altra donna. Poi terminò dicendo che se i presenti volevano andare alla messa di mezzogiorno avrebbero fatto in tempo. Io corsi, non visto, in chiesa, ma nessuno di quelli che erano alla baita grande si presentò.

Eccellenza reverendissima, sono in grado di testimoniare che questo bambino a casa sua non aveva libri eretici, che le idee che esprimeva non erano indotte, ma nascevano in lui, genuine, dal suo pensare. Cominciai a trascorrere notti sempre più inquiete via via che la domenica, spesso in compagnia di Arcangelo Ottoz, andavo di nascosto ad ascoltare la parola di Berto. Essa, simile a una serpe velenosa, era entrata in me, stava scuotendo una fede, la mia, che m'illudevo fosse inattaccabile. Arcangelo invece ebbe una reazione diversa. Cominciò a odiare Berto, a seguirlo non visto, a controllarne ogni movimento, e un giorno mi sussurrò, torvo e fremente:

«Berto non è un bambino, ne sono certo, è una creatura del mondo a noi nemico.»

Eccellenza reverendissima, a giorni comincerà il processo contro Arcangelo Ottoz, reo d'avere ucciso con una pietra, spaccandogli la testa, il piccolo Berto, ma senza avere mai confessato il movente. Sono stato chiamato come testimone dalla difesa. La domanda che le rivolgo è questa: se affermerò in tribunale che Arcangelo già da tempo mostrava segni di squilibrio, Dio perdonerà la mia menzogna?

26

Paolo Magli è arrivato alla conclusione di togliersi la vita. Dalla situazione nella quale si è venuto a trovare non vede ormai altre vie d'uscita. È ben convinto che il suo atto sarà giudicato un gesto di vigliaccheria, una fuga, un sottrarsi alle proprie responsabilità, ma non sa che farci. Dopo morto, dicano quello che vogliono. Ha superato anche la disperata opposizione della sua coscienza di credente. Gli è stato insegnato che non è padrone della sua vita, ma ne è, come dire, il gestore, la vita non gli appartiene, non può distruggerla, non è roba sua. Ma Paolo si convince che se Dio vede tutto di noi, saprà compatirlo e perdonarlo.

D'altra parte niente di quello che gli è successo negli ultimi anni è imputabile a lui.

Prima il licenziamento perché l'azienda dove lavorava è fallita in seguito alla crisi mondiale, poi l'impossibilità di trovare un nuovo lavoro, perché un uomo di quasi cinquant'anni è considerato ormai un rottame da quei pochi che avrebbero la possibilità di fargli guadagnare un tozzo di pane.

Sono riusciti ad andare avanti per un po' col misero stipendio di Grazia, sua moglie, che aveva ottenuto una supplenza. Poi Grazia si è ammalata, dall'oggi al domani, di un male incurabile. E ora giace in un letto d'ospedale.

Per fortuna la loro figlia unica, Serena, che ha dieci anni, se l'è presa in famiglia il fratello di Grazia, di più non ha potuto fare, neanche lui se la passa tanto bene.

A casa gli hanno tagliato la luce e il gas. Da tre mesi non paga l'affitto, e se non è stato buttato fuori è perché il proprietario si è mostrato alquanto comprensivo dopo che lui è andato a esporgli, vergognandosi, la sua condizione.

Ma proprio il giorno avanti gli è arrivata una cortese letterina nella quale gli viene comunicato che, se lascia l'appartamento entro quindici giorni, il proprietario non pretenderà niente da lui, nemmeno gli arretrati.

Per sopravvivere, si è rivenduto tutto, persino i mobili. Ha un solo vestito e un paio di scarpe malandate.

Presa la decisione, va all'ospedale a trovare Grazia, ormai ridotta pelle e ossa. Riesce a mentirle con una certa disinvoltura.

«Sai, stamattina ho incontrato l'avvocato Pizzirani, ti ricordi?, il proprietario della Selex, che m'ha dato buone speranze...»

Ma capisce, dallo sguardo di Grazia, che non se l'è bevuta. Pazienza.

Prima di andarsene, la bacia sulla fronte, indugiando un po', poi esce dalla stanza con gli occhi umidi.

Deve tornare a casa a piedi, non ha i soldi per l'autobus. Sul Ponte degli Angeli, viene colto da un pensiero. Perché non farlo ora, piuttosto che perdere altro tempo? Perché, invece d'arrivare fino a casa per gettarsi dal balcone, non approfittare del momento? S'appoggia alla spalletta, osserva il fiume. Scorre veloce, ingrossato dalle recenti piogge. Sul ponte non c'è nessuno, sta arrivando un giovane in bicicletta, ma è ancora lontano. Ce la farà prima che quello giunga alla sua altezza. Mette le mani sulla spalletta, che è un po' troppo alta, tenta d'issarsi. Non ci riesce. Riprova. Niente. Al terzo tentativo finalmente il suo ginocchio destro riesce a poggiarsi sulla spalletta, un attimo dopo è in piedi. Ma viene colto da un improvviso capogiro che lo fa sbandare di qualche passo verso sinistra. E proprio in quel momento vede una specie di siluro umano volare oltre la spalletta, sfiorandolo, e andare a cadere nelle acque del fiume. Ma che è successo? Vede allora sul ponte, vicinissima, la bicicletta abbandonata. E capisce che il giovane, intuendo la sua intenzione, si è lanciato con un salto per abbrancarlo, ma ha mancato il bersaglio perché lui si è spostato. E, trascinato dallo slancio, il ragazzo è andato a finire giù. Intanto sono arrivate altre persone che gridano. Ma nessuno che accenni a spogliarsi e a correre in soccorso del giovane. Il quale è ancora relativamente vicino, si è aggrappato a qualcosa, forse un palo, e cerca di resistere alla forza della corrente.

Un signore autorevole, sceso da una macchina blu, il quale non ha capito niente di quello che è successo, come del resto gli altri, strattona Paolo per un calzone e gli ordina, imperioso:

«Vai!»

E Paolo si tuffa dalla spalletta, incoraggiato da urla e applausi. Se quel giovane si trova ora nei guai è stato per salvare lui. Deve sdebitarsi. Un tempo nuotava bene ma i digiuni e l'età l'hanno reso maldestro, infatti dopo appena un minuto che è in acqua capisce che ce la dovrà mettere tutta per salvare il giovane.

Quando finalmente riesce ad afferrarlo per le spalle, gridandogli di lasciare la presa, quello non se ne dà per inteso, anzi s'aggrappa ancor più a quella sorta di sbarra di ferro che emerge piantata non si sa dove. Non lo sente nemmeno, ha gli occhi sbarrati ma non deve veder niente. Paolo gli afferra le mani, tenta d'aprirgli le dita. Nulla da fare, la carne sembra saldata al ferro. Allora Paolo gli monta sopra le spalle. Il suo peso è tale che il giovane finalmente è costretto a lasciarsi andare. Paolo, con uno sforzo che gli fa mancare il respiro, riesce a caricarselo sulle spalle. Istintivamente il giovane, che non è più in grado di connettere, gli stringe con un braccio la gola. Paolo si sente mancare il respiro, tenta di sciogliersi dall'abbraccio mortale ma a poco a poco la vista gli si intorbida, perde le forze, sviene.

Si risveglia in un letto d'ospedale e subito si ricorda di tutto quello che è successo.

«E il ragazzo?» domanda.

L'infermiera scuote la testa.

«Si chiamava Lorenzo» dice. «Non sono riusciti a salvarlo.»

«E io come ho fatto a...»

«Stava arrivando un gommone dei pompieri.»

L'indomani mattina lo rimandano a casa. Per fortuna gli hanno asciugato l'abito. Ha appena messo piede nell'appartamento che bussano alla porta.

È un sessantenne molto ben vestito, si vede da mille miglia lontano che è ricco sfondato.

«Sono il padre di Lorenzo» dice. «Lei è stato eroico. Ha

corso il rischio di perdere la vita per salvarlo. E io sono qui per ringraziarla. Me l'aspettavo che Lorenzo, un giorno o l'altro, l'avrebbe fatto. Ci aveva già più volte provato. In famiglia, ci eravamo rassegnati. Rifiutava la vita, chissà perché. E dire che la vita gli aveva dato tutto. Veniamo a noi. So che lei è disoccupato. Verrebbe a lavorare da me?»

27

Marina, l'ultima volta che si sono visti, è stata decisa e chiaramente intenzionata a non recedere dalla sua posizione:

«Se non persuadi Sandra a separarsi, io ti lascio. Non ce la faccio a continuare così, a vederci di nascosto. Voglio amarti alla luce del sole.»

«Ma sei sicura che tuo marito manterrà la promessa?» domanda Vanni.

«Non cambiare discorso. Mirko si è dimostrato molto ragionevole con me. Si è rassegnato e manterrà la parola. Siamo già separati in casa. Da un mese non dormiamo più nello stesso letto. Mentre tu...»

«Va bene, va bene.»

«Che significa "va bene"?»

«Che farò il possibile perché Sandra...»

«Non devi fare il possibile, ma l'impossibile. Ti do una settimana di tempo. Al mio ritorno da Torino, o andiamo a vivere insieme o non ci vedremo mai più. E ti prego di non chiamarmi se non hai buone notizie.»

Marina ignora, perché si è ben guardato dal dirglielo, che

è da tempo che ne ha parlato con Sandra, ottenendo un netto rifiuto. Sandra se lo vuole tenere al guinzaglio e lui non osa forzarle troppo la mano perché è sua moglie a essere la padrona di tutto, è lei la ricca proprietaria dell'azienda, se non fosse per lei sarebbe un signor nessuno. D'altra parte sente che ormai non potrebbe più vivere senza Marina. Che fare? Di tornare alla carica con Sandra non se la sente, forse otterrebbe il risultato di farla intestardire di più nel rifiuto.

La mattina del giorno dopo la partenza di Marina, mentre Vanni è nel suo ufficio, la segretaria gli comunica che al telefono c'è il dottor Mirko De Stefanis. Vanni non se ne stupisce, col marito di Marina si danno del tu, hanno rapporti d'affari, ogni tanto le coppie si frequentano.

«Vorrei parlarti» fa Mirko.

«Dico alla segretaria di fissarti subito un...»

«È una faccenda privata. Perché non vieni tu da me dopo cena? Marina non c'è, non c'è bisogno che venga Sandra. Parleremo liberamente.»

Mirko lo riceve con molta cordialità, gli offre un whisky, esordisce con una frase che lascia interdetto Vanni.

«Siamo sulla stessa barca, amico mio.»

«In che senso?»

«Nel senso che le nostre due mogli posseggono le aziende nelle quali noi due ricopriamo la carica di direttore generale solo perché le abbiamo sposate. Se ci danno un calcio in culo, noi ci ritroviamo in mezzo a una strada. Ho saputo che Sandra non vuole concederti nemmeno la separazione e che quindi Marina minaccia di lasciarti.»

Vanni si finge stupito e offeso:

«Ma che dici?! Tra me e Marina non...»

«Lascia perdere, è meglio se giochiamo a carte scoperte.

Ho detto a Marina che accettavo il divorzio perché lei mi ha promesso una lauta, come dire, buonuscita. Che mi permetterebbe di restare in affari, libero e indipendente. Cosa che mi fa assai gola, in questo momento. Quindi Sandra rappresenta un problema anche per me. Mi sono spiegato?»

«Ti sei spiegato benissimo.»

«Allora la domanda è questa: saresti d'accordo se io mi occupassi di liberarti da Sandra?»

«In che modo?»

«Cerca di capire. In casi come questo non c'è che un solo modo. Le spese sarebbero a carico mio. Poi, quando avrai ereditato l'azienda, tu mi proporrai, generosamente, di diventare tuo socio. Dài, beviti un altro whisky, sei diventato pallido.»

Mirko riprende a parlare solo dopo che Vanni ha vuotato il bicchiere.

«Ora tornatene a casa e rifletti sulla proposta che ti ho fatto. Se non ti va, mi telefoni qua entro le otto di domani. Mi dici: no. Né una parola in più né una in meno. Se invece hai accettato, non telefonarmi. Mi farò vivo io per darti tutte le istruzioni perché tu abbia un alibi di ferro.»

Non è che non ci avesse già pensato alla soluzione proposta da Mirko. E l'aveva anche trovata l'unica possibile. Se non si è dato da fare è perché, in fondo, non gli è bastato il coraggio. Ma se è un altro a prendere l'iniziativa...

Due giorni dopo Mirko lo chiama, l'invita dopo cena a casa sua.

«È tutto a posto» gli dice.

«E io che devo fare?»

«Guarda, ho avuto un'idea niente male. Siccome Marina torna da Torino sabato sera, tu le telefoni e le dici che la raggiungi dopodomani, venerdì. Chiaro? Passerete assieme la notte tra il venerdì e il sabato. E questo sarà il tuo alibi inattaccabile. Marina, per amor tuo, confermerà, vedrai. A proposito, a Marina dirai che sei riuscito a convincere Sandra. Se poi un ladro entra a casa tua e l'uccide, tu che c'entri?»

Il giorno dopo Vanni avverte Sandra e la segretaria che l'indomani pomeriggio andrà a Milano e che tornerà al più tardi sabato sera. Poi, di nascosto, chiama Marina al cellulare, le dice che ha una buona notizia da darle, ma vorrebbe farlo di persona. Marina si mostra felice, gli risponde che l'attende con ansia, gli dà l'indirizzo del suo villino.

Vanni, naturalmente, se ne parte per Torino, vi arriva verso le nove di una sera nebbiosa. Il villino di Marina è in collina, semiisolato. Vanni parcheggia l'auto, scende, suona il citofono, si fa riconoscere, Marina gli apre il cancello piccolo. Vanni, mentre sta per entrare, viene spinto violentemente in avanti, barcolla.

E subito sente la bocca di un revolver contro un fianco, una voce che gli intima di proseguire. Sono in due, col passamontagna e coi guanti, che lo stanno aggredendo. Atterrito, si muove con le gambe rigide. Il secondo aggressore si lancia arma in pugno verso il portoncino, scompare. Quando Vanni entra, non vede né Marina né il secondo aggressore. L'uomo che gli punta la pistola, un gigante, lo sospinge verso la camera da letto, gli ordina di spogliarsi nudo. Vanni, battendo i denti per la paura, si spoglia. Poi il gigante, tenendolo stretto in una morsa contro di sé col solo braccio sinistro, urla un ordine. La porta del bagno si spalanca e Marina, in camicia da notte, viene spinta dentro la camera da letto. Il gigante le spara un colpo, la faccia di Marina si disintegra. Vanni s'affloscia. Allora il gigante, tenendolo un poco discosto, gli infila a forza il revolver nella mano, gli fa alzare il braccio all'altezza della tempia, gli fa premere il grilletto.

Che si tratti di un omicidio-suicidio dovuto certamente a un amore impossibile è convinzione di tutti, dagli investigatori alla stampa.

Un anno appresso le due aziende, quella di Sandra e quella di Mirko, si fondono.

Sei mesi dopo anche Sandra e Mirko coronano il loro lungo sogno d'amore sposandosi.

28

Data la situazione piuttosto critica nella quale si è venuta a trovare la società di trasporti dove ha lavorato una vita, a Erminio è stato proposto il prepensionamento. Prima di dare una risposta, ne parla con Francesca, sua moglie.

«E se dici di no che succede?»

«Succede che se le cose continuano ad andare male, andrò a finire, bene che vada, in cassa integrazione.»

«E tu che prevedi?»

«Che andranno peggio.»

«E allora accetta. Ma...»

«Ma?»

«Sono preoccupata per te.»

«Per me?! E perché?»

«Erminio mio, tu hai cinquantotto anni e, ringraziando Dio, sei in perfetta forma. Mattina e pomeriggio eri occupato in ufficio. Me lo dici come impiegherai ora le tue giornate? Non vorrei che finissi per sbattere la testa contro i muri per la noia.»

«Ma dài! Qualcosa troverò.»

In effetti, nei primi mesi, Erminio lavora assai più di quando andava in ufficio. Dotato da sempre di una buona manualità, non solo ripara tutto quello che non ha potuto riparare quando non ne aveva il tempo, dalle maniglie alle persiane, ma ripittura anche tutto l'appartamento. Francesca, a vedere il suo regno sottosopra, passa qualche momento di nervosismo. Poi Erminio fa la stessa cosa con una casetta in montagna ereditata dal padre. Resta fuori un mese e mezzo, con grande sollievo di sua moglie.

Torna con delle canne da pesca.

«E queste?»

«Ho imparato a pescare. È stato il signor Broschi, te lo ricordi?, il nostro vicino che una volta m'ha portato con lui al laghetto. Mi sono subito appassionato.»

«Ma qui in città dove andrai?»

«Al fiume.»

«Scherzi? Ma non lo sai che è inquinatissimo? Quei pesci non sono commestibili!»

«Vuol dire che non li mangeremo.»

«E allora che li peschi a fare?»

«Dio santo, Francesca, ma la pesca è uno sport!»

«Uno sport? Starsene per ore seduti aspettando che un pesce abbocchi sarebbe uno sport? E poi attento, non mi portare vermi in casa che mi fanno schifo.»

Dopo varie prove, Erminio trova un posto che gli sembra buono per pescare. Per arrivarci, con la macchina ci impiega più di un'ora. Da lì, se la giornata è chiara, si scorge lontano il mare. Il posto è solitario, sul greto crescono macchie d'erba selvatica. Ci si arriva a piedi, l'auto la lascia sulla strada, a trecento metri di distanza. Da casa s'avvia subito dopo pranzato e resta a pescare fino al tramonto. Erminio si compiace con se stesso. Come impiego del tempo, è il migliore che potesse immaginare.

Anche perché ha scoperto che le attese le può colmare coi ricordi. È incredibile come la memoria, appena appena stuzzicata, riporti a galla episodi che sembravano dimenticati, perduti per sempre. E dire che una volta aveva paragonato la sua vita a un foglio bianco con pochi incerti segni tracciati sopra. E invece! Per esempio, il ricordo di Silvietta, il primo amore, gli ha fatto trascorrere quasi una settimana in dettagli, precisazioni, incredibili ritorni d'emozioni.

Un giorno, quando è quasi il tramonto, compare accanto a lui un signore ben vestito che gli rivolge la domanda rituale:

«Abboccano?»

Poi rimane a guardare quello che lui fa. È il momento nel quale Erminio sta tirando su la lenza perché un pesce ha abboccato. Lo prende mentre il pesce si dibatte, lo libera delicatamente dall'amo, lo ributta in acqua.

«Non conserva i pesci che prende?» domanda stupito il signore.

«No. Sono inquinati.»

«Allora li pesca tanto per pescare?»

«Sì.»

«Vale a dire che a lei piace fare cose inutili?» domanda il signore.

Poi volta le spalle e se ne va. Erminio rimane interdetto.

Circa un'ora dopo è a casa, siede a tavola per la cena. È pensieroso.

Francesca se ne accorge.

«Che hai?»

«Niente.»

Dopo guardano insieme un film in televisione. È la storia di una crisi coniugale. La protagonista vuole lasciare il marito e a un certo punto gli grida:

«Tanto, il nostro matrimonio è stato inutile! Non abbiamo avuto figli!»

Neanche loro hanno avuto figli. Erminio lo sapeva già prima di sposarsi che non poteva averne e l'ha detto onestamente a Francesca. Ma lei non ha cambiato opinione.

"E così ha fatto un'altra cosa inutile" gli pare di sentirsi rimproverare dal signore ben vestito.

Quella stessa notte Erminio non riesce a dormire. Comincia, senza nemmeno accorgersene, a fare una sorta d'inventario della sua vita. La mattina appresso esce di casa e va a comprarsi un quaderno grosso a quadretti. Diligentemente, divide ogni foglio a metà nel senso della lunghezza tracciando una linea rossa.

Sarà un lavoro lungo e circostanziato. Poiché pensa che non avrà più il tempo d'andare a pescare, getta le canne sopra l'armadio. Si tratta di soppesare a lungo ogni atto della sua vita, esaminarlo sotto tutti gli aspetti negativi e positivi e poi scriverlo nel lato sinistro del foglio se utile o nel destro se risulterà inutile.

Non esce più da casa, non si fa più la barba, si trascura. Francesca finisce col considerarlo come una sorta di mobile. Erminio resta a lavorare fino a notte tarda. Ormai ha riempito cinque quaderni e non è neppure arrivato al diciottesimo anno d'età.

Di nascosto da Francesca, ha preso la scatola da scarpe da dentro il comodino, l'ha aperta, ha impugnato il revolver, l'ha lubrificato, l'ha rimesso a posto.

Perché se per caso, alla fine, la somma degli atti inutili supererà quella degli atti utili, sa cosa fare.

29

Dario Sturla, direttore di uno dei più autorevoli quotidiani nazionali, è noto a tutti, non solo per l'efficacia degli articoli di fondo, misurati e corretti nella forma, senza infingimenti e quasi spietati nel contenuto, ma anche per la sua assoluta integrità morale e la severità dei costumi. Che cerca di pretendere anche dai suoi redattori. Sposato da trent'anni con Ester Di Giacomo, non risulta che si sia mai una volta concessa la pur minima scappatella. Rigido educatore dell'unico figlio, voleva che il giovane intraprendesse la carriera giornalistica, ma è rimasto deluso. Suo figlio infatti, abituato fin dall'infanzia a una dura disciplina, ha preferito fare il corso per ufficiale dei carabinieri. Di Sturla si conosce solo una debolezza, che gli viene però ampiamente perdonata in considerazione delle sue molteplici virtù. Ama la buona cucina e ne è un profondo intenditore, capace d'intrattenere discussioni tecniche con gli chef dei grandi ristoranti nei quali usa abitualmente cenare. Pranzare no, quello lo fa in famiglia.

Da quando si è sposato, visto e considerato che Ester si

muoveva in cucina con la stessa disinvoltura di un orso bianco all'Equatore, Dario ha preso al suo servizio a tempo pieno una cameriera-cuoca accuratamente selezionata.

Nello stesso giorno nel quale compie cinquant'anni, durante i rituali festeggiamenti al giornale, Dario conosce Angela, moglie di Filiberto Concia, uno degli azionisti. Per lui è un colpo di fulmine, una specie di mazzata in testa che lo lascia intontito con un sorriso ebete stampato sulla faccia. Per tre giorni e tre notti non riesce a levarsi Angela né dalla testa né dagli occhi, la vede dovunque, anche mentre si fa la barba il volto di lei gli compare accanto nello specchio. Ma non cede alla tentazione, non la cerca, non le telefona, come tutto il suo essere vorrebbe. Senonché la mattina del quarto giorno è lei a chiamarlo al giornale, con una scusa banale. Si danno appuntamento nel primo pomeriggio. E da allora la vita di Dario cambia. Non esternamente però, le precauzioni che tanto Dario quanto Angela prendono perché la loro relazione resti segreta sono veramente da manuale dei servizi segreti. Del loro rapporto non trapela nulla, anche perché hanno fatto in modo di non incontrarsi mai più in pubblico. Siccome tutti e due godono di una certa libertà di movimento, hanno affittato un villino molto isolato fuori città, dove si ritrovano due volte la settimana, arrivandoci ognuno con la propria auto.

Dario ha fatto la scoperta di un'osteriaccia nelle vicinanze la cui proprietaria, un'anziana contadina semianalfabeta, è una cuoca eccellente.

Non corre nessun pericolo a frequentarla, anche se il suo volto è conosciuto per le apparizioni in tv: i clienti dell'osteria sono sprovveduti contadini del luogo e lui inoltre ha presentato Angela come sua moglie. Tanto, foto di Ester, che lui sappia, in giro non ce ne sono. A poco a poco si è lavorato la cuoca, l'ha educata, rifornendola anche di condimenti e prodotti raffinati che lei adopera solo per lui. E così Dario scopre il sottile piacere di mangiare assieme a colei che si è appena finito d'amare o che si amerà da lì a poco.

Una notte di neve e gelo Dario sta facendo ritorno in città dal villino quando l'auto che lo precede sbanda ed esce di strada. Malgrado la bufera, Dario si sente in dovere di fermarsi e di andare in soccorso degli occupanti. Dentro, terrorizzata, c'è una giovane donna. Dario l'aiuta a uscire dalla macchina quasi adagiata su di un fianco, la fa salire sulla sua.

Appena ripresasi dallo spavento, la giovane donna, che è molto bella e porta la fede al dito, si presenta come Angela Merulli. E prima che lui possa presentarsi a sua volta, la giovane domanda:

«Ma lei non è Dario Sturla? La seguo sempre in televisione e compro il suo giornale!»

A Dario basta quella mezzora di strada in comune per rendersi conto di due cose: che questa seconda Angela è forse più attraente della prima. E che il fulmine ha colpito una seconda volta. E l'indomani mattina, mentre si sta facendo la barba, accanto al suo compare il bellissimo volto di Angela due. E così Dario, dopo una vita intemerata, a cinquantun anni si trova ad avere due amanti. Con Angela seconda si incontrano in un appartamentino all'estrema periferia e per una volta alla settimana, lei ha un marito possessivo che le lascia pochissimi spazi di libertà. Anche con lei Dario appaia il piacere della carne con quello della buona tavola, portandosela in una trattoria frequentata da gentaccia dove però si mangia bene. È da sei mesi che si divide tra le due Angele, quando un giorno sua moglie Ester gli ricorda che la mattina del giorno dopo dovranno andare al matrimonio del figlio del vicedirettore Spazian e che dovranno anche partecipare al pranzo. Dario ha un momento di malumore, sarà uno di quei matrimoni interminabili, di sicuro perderà la mattinata e buona parte del pomeriggio. Comunque, per fortuna, non ha appuntamento con nessuna delle due Angele. Durante la funzione in chiesa, Dario scorge tra gli invitati Angela uno con suo marito, l'azionista. Non è una sorpresa, se l'aspettava. Finito il rito tutti si trasferiscono nel grande albergo poco distante dove gli sposi saluteranno gli intervenuti e dove avverrà il pranzo. È inevitabile che Filiberto Concia, con sua moglie Angela, si avvicini a Dario, che ha al fianco Ester. Le due coppie stanno scambiandosi i soliti convenevoli, quando tra loro s'intromette Minicucci, il più forte azionista del giornale.

«Vi voglio presentare mia nipote Angela.»

È lei, Angela due. Disinvolta, sorridente, sfacciata, gli fa:

«La seguo sempre in televisione, lo sa? E poi, non ci crederà, leggo persino il suo giornale.»

La stessa frase che gli ha detto quando si sono conosciuti. Intanto Minicucci si è appartato con Concia. Dario è praticamente circondato dalle tre donne, sua moglie e le sue due amanti, che chiacchierano amabilmente tra di loro. È preso dal panico, decide di scapparsene. Finge di ricordarsi all'improvviso di avere un appuntamento con un sottosegretario, non avrà il tempo per pranzare.

«Ti accompagno al buffet, così almeno mangi qualcosa» dice sua moglie.

«Veniamo anche noi» fanno le due Angele, che hanno simpatizzato.

Dario avverte un pericolo incombente. È frastornato, confuso, vuole al più presto essere lontano da lì.

«Mi dia qualcosa» dice a uno dei camerieri che stanno dietro la lunga tavola degli antipasti.

Quello piglia un piatto e per prima cosa ci mette dentro una tartina col salmone affumicato.

«Il salmone, no!»

Infatti lui detesta il salmone. Solo che quella frase non l'ha detta lui, l'hanno gridata, in coro, le due Angele. Che, a rigor di logica, dovrebbero ignorare che lui detesta il salmone. E che ora si guardano, sorprese. Ed Ester, attonita, se le guarda tutte e due. Il tempo, intanto, si è fermato.

30

Corrado Tozzi, quarantenne, scapolo, atletico, decisamente un bell'uomo, sempre elegante, mai un capello fuori posto, capo della squadra omicidi, è considerato forse il miglior investigatore che abbia la polizia. Ha risolto casi che parevano impossibili ed è stato invitato spessissimo in televisione. Il suo nome è anche apparso su quei giornaletti che si occupano di pettegolezzi diciamo così sentimentali, che gli hanno attribuito fugaci relazioni con divette o ballerine. Notizie talvolta corredate da fotografie tutt'altro che compromettenti, come una cena a due in un ristorante o un aperitivo in un ritrovo alla moda. Mai sono riusciti a fotografarlo in un atteggiamento un po' più intimo con una donna e questo gli ha risparmiato l'inevitabile richiamo dei superiori.

Quella mattina è appena arrivato in ufficio, puntualmente alle otto come fa sempre, quando gli si presenta davanti il suo vice, Albertini. Un bravissimo sbirro, razionale e intuitivo, osservatore acuto, un cane da caccia che una volta agguantato l'osso non lo molla per nessuna ragione, che però, sia detto tra parentesi, non gli sta molto simpatico, e non perché chiaramente aspiri al suo posto e non ci penserebbe un momento a fargli le scarpe, ma perché appartiene a quella categoria d'uomini sempre immùsoniti che non si concedono mai un sorriso e contagiano con una specie di tristezza coloro che gli stanno vicini.

«C'è stato un omicidio in corso Magenta 12. Hanno telefonato or ora. Vieni o vado io?»

«Chi è la vittima?»

Il volto di Albertini si infosca, non risponde, si guarda la punta delle scarpe.

«Allora?»

«Tu la conoscevi. Giulia Ripamonti.»

Corrado sobbalza, impallidisce, si alza. Con Giulia ha avuto una storia ampiamente pubblicizzata. Ma sono sei mesi che è finita, lo sanno tutti.

«Sai... co... come l'hanno?» balbetta.

«Le hanno fracassato il cranio con un candeliere.»

«Ma non abitava in corso Magenta!»

«È vero, vi si era trasferita da meno di una settimana.»

«Chi l'ha scoperta?»

«La cameriera.»

«Senti, vengo con te. Ma voglio che quando arrivo non ci sia nessun giornalista o fotografo. Li devono tenere a cento metri di distanza.»

Figurarsi! Il capo della omicidi che indaga sull'assassinio di una sua ex fiamma! Tra l'altro, una bellissima ragazza. E chi li terrebbe più, a quelli?

Con tutti quei pruriginosi ingredienti, sarebbero capaci di fare delle edizioni straordinarie. Quando arriva con Albertini al fianco, vede che gli agenti del commissariato di zona hanno fatto un ottimo lavoro. Giornalisti e fotografi ululano dietro lontanissime transenne. Un agente fa loro da guida. L'appartamentino è arredato con molta eleganza.

Giulia, completamente nuda, giace per terra accanto al letto disfatto, un campo di battaglia, supina, la fronte spaccata dalla quale è colato un lago di sangue. Vicino alla sua testa, l'arma del delitto, un solido candeliere d'argento.

«Delitto d'impeto» gli mormora Albertini.

Corrado annuisce e poi gli dice di chiamare la Scientifica e il pm. Per farlo, Albertini esce dalla stanza. Rimasto solo, Corrado si muove, si guarda intorno. La lampada del comodino caduta per terra, una sedia con gli indumenti di lei rovesciata, tutto dimostra che Giulia ha cercato di difendersi dal suo aggressore. Corrado si muove con cautela per non mettere le scarpe sul sangue che è dappertutto, si china a guardare sotto il letto, s'accoscia, si rialza, torna ad accosciarsi. Da un pezzo Albertini è tornato. E a un tratto esclama:

«Cos'è quello?»

E a Corrado che l'interroga con gli occhi indica qualcosa vicino al collo di Giulia.

«È un bottone!» dice Corrado.

Come mai non l'ha visto prima? Istintivamente porta la mano alla giacca per controllare se i bottoni ci sono tutti.

Ne manca uno. I suoi bottoni sono sempre molto particolari. Li sceglie lui con cura quando si fa confezionare un vestito nuovo. Questi della giacca che indossa sono di osso grigio chiarissimo con venature verdi e blu.

«Sarà dell'assassino!» esclama eccitato Albertini.

«Oppure mio» ribatte Corrado. «Non vedi? Me ne manca uno. Forse me lo sono perso ora e non me ne sono accorto.»

«Adesso lo recupero» dice Albertini.

«Ma sei matto?» lo ferma Corrado. «Quando vengono quelli della Scientifica, li avvertiamo che potrebbe essere mio. Andiamo a interrogare la cameriera.»

La quale fa una rivelazione che sulle prime appare importantissima. Il giorno avanti, mentre stava per entrare nell'appartamento, ha visto uscirne un ventenne che potrebbe riconoscere benissimo. La pista sfuma dopo un'ora, quando Albertini le fa vedere una serie di foto di Giulia abbracciata appunto a un ventenne.

«È lui!» grida la cameriera.

«Ma è suo fratello!» dice cupo Albertini.

Nel pomeriggio, Ranzi, il capo della Scientifica, va a trovare Corrado e gli mette sul tavolo una bustina di plastica con dentro un bottone.

«Guarda un po' se è il tuo.»

Corrado prende la bustina trasparente, gli basta un'occhiata.

«Sì, è il mio.»

Ma vuole la conferma di Albertini. Il quale confronta accuratamente il bottone con gli altri della giacca. Anche per lui non ci sono dubbi.

«Te lo lascio» dice Ranzi.

«Ma dài! Mi farebbe impressione! A casa ne ho di riserva. O lo butti o lo reperti spiegando però tutta la faccenda.»

L'indomani mattina in ufficio sta a sfogliare i giornali. Albertini gli è accanto, in piedi. È arrivato all'ultimo, un giornaletto insignificante di scarsissima tiratura, quando vede che in prima pagina c'è una grande foto sua, scattata il giorno avanti in corso Magenta, appena sceso dall'auto. Si vede che un fotografo è riuscito a entrare in uno stabile e ha scattato la foto da qualche finestra.

«Che strano!» mormora Albertini.

«Che cosa?»

«Il bottone. Non te lo sei perso quando eri nella stanza della vittima, come mi hai detto, ma prima. Guarda, nella foto si vede chiaramente che dalla tua giacca ne manca uno.»

31

Andare ad Ankara o rinunziare al viaggio? Appena si pone la domanda, Attilio ne percepisce l'inutilità. Non può che andarci al convegno bilaterale Italia-Turchia per il rafforzamento degli scambi commerciali. Il governo italiano ha designato dieci tra i più grandi imprenditori e lui è tra loro. Non andarci significherebbe ammettere indirettamente le enormi difficoltà nelle quali, da un giorno all'altro, la sua azienda si è venuta a trovare. La sua assenza sarebbe di certo oggetto di commenti malevoli, di insinuazioni più o meno velate. In quel mondo egli è stato sempre considerato come un intruso, un parvenu, una specie di giocatore d'azzardo che per lungo tempo la fortuna ha favorito facendolo passare di successo in successo. E figurati quante bottiglie di champagne sono pronti a sturare appena la sua rovina sarà definitiva! Sì, perché di rovina si tratta.

Lui non ha paura delle parole. E come se avesse cominciato a scendere lungo un pendio, a un certo punto non ha più potuto camminare, ha dovuto mettersi a correre per la discesa, sempre più velocemente. E ora la fine della corsa è vicina, già vede le rocce contro le quali andrà inesorabilmente a sfracellarsi. È cosciente che nessuno dei colleghi tenterà di fermarlo, di aiutarlo in qualche modo, anzi, si raggrupperanno sul ciglio del precipizio a godersi lo spettacolo. Ma Attilio è ben deciso a non dar loro questa soddisfazione. E sa perfettamente come fare. Comunque, ora come ora, non tutto è perduto, però questo tutto è appeso a un filo. Ha avuto già tre incontri con Pananti, che è un avventuriero privo di scrupoli. Gli ha proposto un affare che comporterebbe la cessione a Pananti del novanta per cento di tutte le attività residue dell'azienda. In cambio Pananti dovrebbe impegnarsi a potenziare il restante dieci per cento. Con quel poco in mano, che resterebbe suo, Attilio è convinto di poter risalire la china. Pananti, com'è solito fare, non si è sbilanciato, non ha detto né sì né no, si è riservato di decidere entro una settimana.

Attilio ha il volo prenotato per le sedici. E quel giorno scade la settimana che Pananti si è concessa. Attilio convoca Marco Siti, il suo braccio destro che è al corrente della trattativa.

«Sicuramente Pananti si farà vivo in giornata e vorrà vedermi. Io non potrò esserci, ci andrai tu e gli spiegherai il motivo della mia assenza.»

«Ma Pananti con me non...»

«Guarda, Marco, Pananti mi deve dare solo una risposta, o sì o no. Non c'è niente da trattare o da discutere. Ti chiamo appena arrivo.»

Durante il volo, si mostra tranquillo e sereno con gli altri industriali che si recano allo stesso convegno. Ma qualcosa dev'essere trapelato, perché Mariotti e Foralani, seduti alla sua sinistra e alla sua destra, ogni tanto lo guardano di sottecchi con un risolino malcelato. O forse è la sua immaginazione.

Appena in albergo, decide di farsi un bagno caldo che gli allenterà la tensione. Mentre la vasca si riempie, si spoglia ed entra in acqua col cellulare in mano. Ma scivola, il cellulare gli sfugge, sprofonda. Lo recupera, ma capisce che ormai è inservibile. Indossa un accappatoio, e dato che il telefono fisso di cui è dotata la camera non è abilitato alle chiamate internazionali, è costretto a passare attraverso il centralino dell'albergo. Deve attendere una diecina di minuti nervosi e finalmente il telefono squilla. All'altro capo c'è Viviana, la sua segretaria.

«È arrivato bene, dottore?»

«Sì, tutto bene, Viviana.»

Ma cos'ha quel telefono? Ah, ecco, rimanda una specie di eco fastidiosa.

«C'è il dottor Siti?»

«Glielo passo subito.»

«Pananti m'ha convocato domattina alle otto» dice Siti. «M'ha raccomandato d'essere puntuale perché alle otto e un quarto ha un altro appuntamento.»

«Ti chiamerò io alle otto e mezzo in azienda.»

Riattacca. Va a farsi il bagno. La brevità dell'incontro tra Siti e Pananti non è un brutto segno, non significa niente, Pananti è un uomo di pochissime parole.

Quella sera sono tutti invitati dal ministro turco del Commercio. Attilio è seduto tra Minerva Antoniozzi e Riccardo Balucchi. Minerva Antoniozzi è una bella quarantenne, si dice che sia l'amante di un sottosegretario, che porta avanti bene l'azienda ereditata dal padre. Si mostra molto cordiale con Attilio, scherza con lui e quando per caso le loro gambe si toccano sotto il tavolo, lei non sposta la sua di un millimetro. Anzi, l'accosta di più. Si vede che ha deciso di conceder-si una vacanza. Ma dopo un po', visto che Attilio non colla-bora, si dedica al suo vicino di sinistra. Attilio ha altro per la testa. La prima riunione di lavoro è prevista per l'indomani mattina alle dieci e trenta. Un pullman li trasporterà al mi-nistero. Quindi tutti dovranno trovarsi nella hall alle dieci.

Attilio dorme male. È un continuo appisolarsi e risve-gliarsi dopo sì e no mezzora. Un tormento. Alle otto del mattino è già pronto. Aspetta le nove per la differenza di fuso con l'Italia. Alle nove e trenta spaccate chiama il cen-tralino. Gli rispondono che c'è un po' di traffico, dovrà at-tendere. Il telefono squilla alle dieci meno dieci. Ma in quei venti minuti Attilio si è tolto giacca, cravatta, camicia ed è andato tre volte a lavarsi. Non pensava che la tensione po-tesse far sudare tanto.

Solleva la cornetta, non lascia a Siti il tempo d'aprire bocca.

«Com'è andata? Bene o male?» domanda con la gola secca.

«Male.»

La voce è lontanissima, si sente appena. Attilio si passa la lingua sulle labbra arse.

«Ma ha lasciato qualche spiraglio? O non ce n'è nessuno?»

«Nessuno.»

«Quindi è la fine?»

«... la fine.»

Riattacca. Ora, di colpo, è diventato lucido e calmo. Apre la valigia, ne estrae una scatoletta di metallo, dentro c'è una minuscola compressa bianca. L'ingoia. Gli è costato caro procurarsela, ma quel veleno agisce in pochi minuti e non ha antidoti. Il telefono squilla di nuovo. Automaticamen-te va a rispondere. È Siti.

«Pananti ha accettato la tua proposta.»

«Ma allora perché prima mi hai detto...?» sbalordisce Attilio.

«Ma prima non abbiamo parlato!» ribatte Siti.

Ma allora con chi ha parlato? Poi capisce. Non ha parlato con nessuno, era la sua stessa eco a rispondergli. Ma è l'ultima cosa che il suo cervello è in grado di capire.

32

I primi anni del loro matrimonio, Alexia doveva onestamente ammetterlo, erano stati semplicemente entusiasmanti. Jack aveva ventitré anni e lavorava come assistente di un agente di Borsa. Lei ne aveva venti, faceva la dattilografa, era bella e con una gran voglia di vita. Non è che fossero poveri, con i due stipendi ce la facevano però appena a pagare l'affitto, mangiare e andare due volte al mese al cinema. Poi le cose erano cambiate. Alexia non ci capiva niente del lavoro di suo marito, quindi era rimasta molto sorpresa quando un giorno Jack era tornato a casa trionfante.

«Ho messo a segno un'operazione che mi ha fatto guadagnare tanto.»

«Quanto?»

Lui le disse la cifra. Lei non ci credette. Lui le mostrò il loro conto bancario. L'anno dopo cambiarono casa, sempre in affitto. Un appartamento dove Jack potesse ricevere i suoi amici. Due anni appresso furono in condizioni di comprarsene uno decisamente lussuoso. A quanto sentiva dai discorsi degli amici, Jack era una specie di mago, dotato di una sorta di sesto senso che l'avrebbe portato lontano. Alexia era innamoratissima del marito, non si accorgeva nemmeno degli uomini che la corteggiavano. Era Jack a farglielo notare:

«Non lo vedi che John spasima per te?»

«Davvero?»

Cinque anni dopo che si erano sposati nacque Ann. Due anni dopo Ann venne Jerry. Nel decimo anniversario del matrimonio, Jack le regalò il giro del mondo. Se lo fecero insieme, lasciando i bambini a casa. Fu una specie di sontuoso viaggio di nozze, quasi un risarcimento di quello che non erano stati in condizioni di fare quando si erano sposati.

Nel ventesimo anniversario, Jack le regalò un castello in Scozia. Ma molte cose erano cambiate. Verso i dieci anni, il carattere di Ann era improvvisamente mutato. Da sempre gaia e sorridente che era, era diventata scontrosa, litigiosa e perennemente immusonita. Qualcosa la rodeva, ogni tanto scoppiava a piangere senza una ragione apparente. Un dottore rassicurò Alexia dicendole che la bambina si sarebbe sviluppata precocemente e che si trattava di disturbi ormonali. Un fatto transitorio.

Ma non fu così. A quindici anni Ann scappò di casa e la ritrovarono dopo sei mesi. Si era unita a un branco di drogati. La riportarono a casa, ma scappò di nuovo. Alla terza fuga l'abbandonarono al suo destino. Alexia ne provò un dolore immenso, una ferita che non si rimarginò più.

Jerry invece, che era sempre stato un bambino serio, meditativo e di poche parole, mantenne il suo carattere fino a quando si laureò in Ingegneria e se ne andò a lavorare negli Stati Uniti alla Nasa. A sessant'anni Jack ebbe una specie di crisi. Abbandonò gli affari, se lo poteva permettere dato che aveva vertiginosi conti bancari e possedeva azioni di mezzo mondo, vendette il castello e si comprò un'intera isola greca, dalla quale fece sgombrare i pochi abitanti per poterci vivere solo con Alexia.

«Si torna alla natura!»

Alexia, come aveva fatto per tutta la vita, lo seguì senza dire una parola.

Delle cinque casette di pescatori che c'erano, Jack ne fece mettere a posto solo una, le altre ordinò d'abbatterle. L'isola si chiamava "isola dei ragni", ma come spiegò loro uno degli operai, in realtà ragni ce n'erano pochi e inoffensivi. Invece ci stavano degli scorpioni nero-verdastri dalla puntura assolutamente letale. Rari, ma c'erano, e bisognava starci molto attenti.

Il ritorno alla natura, per Jack, è soprattutto consistito nell'abolire telefono, televisione, frigorifero. Sta quasi sempre nudo, perché lì la temperatura è mite. Davanti alla casa c'è un grande giardino, a curarlo viene ogni quindici giorni un giardiniere, e oltrepassato il giardino si scende alla spiaggia.

Jack passa le sue giornate tra il giardino e la spiaggia, Alexia invece si è dedicata anima e corpo ai lavori domestici. I contatti col mondo li tiene un ragazzo con un gommone a motore che gira per le isole distribuendo, a giorni alterni, la posta, i giornali e la spesa.

E un giorno dagli Stati Uniti arriva una lettera di Jerry. È indirizzata, come sempre, a lei, ma stavolta sopra la busta c'è scritto: "Strettamente personale". Raccomandazione inutile, perché è lei ad aprire le lettere destinate a Jack e a leggergliele. Se fosse per lui, le lascerebbe chiuse a far mucchio. La lettera dice:

Cara mamma,
sono veramente addolorato nel doverti comunicare la morte di Ann.
Un amico mi ha telefonato dicendomi che il suo corpo è stato ritrovato nella stamberga nella quale viveva.
So di darti un doppio dolore dicendoti anche che Ann non è morta di morte naturale, ma si è suicidata usando del veleno.

Vorrebbe piangere, gridare, ma non ce la fa. Continua a leggere:

Ora, cara mamma, viene la parte più difficile per te e per me. Poco prima che compisse quindici anni, io allora ne avevo tredici ma ero un ragazzo riflessivo e maturo, Ann mi manifestò il suo proposito di fuggirsene da casa. Avendogliene io domandata la ragione, mi confidò che da qualche anno papà la sottoponeva alle sue voglie. Io non le credetti. Allora lei fece in modo che io potessi assistere, non visto, a quello che le faceva papà. Ne rimasi sconvolto, ma Ann mi fece giurare di non parlartene per non darti un così grande dolore. Da quel trauma Ann non si è mai ripresa. La sua vita infelice...

Interrompe la lettura. Brucia la lettera, poi scende in giardino, è l'imbrunire, è stata una giornata umida, il sole non è riuscito a districarsi tra le nuvole. Jack si è messo una camicia a maniche corte e i pantaloncini. Dorme su una sdraia. Un filo di saliva gli cola dalla bocca semiaperta. Alexia si siede sulla sdraia accanto. Chiude gli occhi. Ha dei brividi di freddo, di certo le sta salendo la febbre. Avverte anche un sordo dolore alla bocca dello stomaco.

Poi riapre gli occhi e guarda Jack che continua a dormire un sonno profondo. Ha un sussulto, qualcosa si sta arrampicando velocemente sulla gamba posteriore della sdraia. È uno scorpione nero-verdastro, il primo che vede da quando si trova nell'isola. Lo scorpione, arrivato sotto il bracciolo, sale e si ferma proprio sul dorso della mano di Jack. È un attimo, Jack si sveglia, balza in piedi, si tiene la mano destra con la sinistra:

«Che dolore! Che è stato?»

Alexia non gli risponde, lo guarda. Jack fa un passo verso di lei, ma cade.

«Aiutami!»

Lei resta immobile. Lui si contorce sull'erba, mugolando, poi non si agita più. Ora Alexia avverte un forte prurito al piede destro. Distoglie gli occhi da Jack, si china a guardare. Sul suo piede nudo c'è un altro scorpione, fermo. E d'un tratto Alexia si ricorda che l'operaio aveva detto che questi scorpioni usano andare sempre in coppia. Lo scorpione non si muove e nemmeno lei. Aspetta.

33

Illustrissimo signor Presidente,

oggi ci sarà l'ultima seduta del processo che mi vede imputato d'omicidio e quindi lei, prima che la giuria si ritiri in camera di consiglio, mi rivolgerà la consueta domanda se ho qualcosa da dire. E io, rispondendole di no, continuerò ai suoi occhi a mantenere quella posizione di "ostinata non collaborazione", come lei l'ha stigmatizzata in una delle prime sedute. Non posso darle torto. In effetti io non ho mai voluto chiamare un avvocato a mia difesa e mi sono contentato sempre d'avvocati d'ufficio pochissimo informati sul caso. Non solo: ho fatto costantemente scena muta nel corso di qualsiasi interrogatorio, a cominciare da quello, ormai lontano nel tempo, cui mi sottopose il commissario che mi mise le manette. Sento perciò il dovere, a questo punto, di chiarire che il mio atteggiamento non è dettato da disprezzo verso la Giustizia (come ha scritto qualche giornale), e men che mai da una, come dire, dostoevskiana volontà d'espiazione (come ha detto in tv un eminente psicologo). Ma, del resto, quante supposizioni errate sono state fatte sulla carta stampata e sulle tv! C'è chi ha sostenuto che io avrei ucciso per gelosia, perché la mia fidanzata m'aveva lasciato per mettersi con il mio amico e mia futura vittima. Per altri invece la gelosia sarebbe scaturita dal fatto che il mio amico aveva vinto la cattedra universitaria e io no. Vede, signor Presidente, io non ho nulla da espiare, in quanto non sono stato io ad ammazzare il mio fraterno amico Saverio Libonati. No, si fermi, non si indigni, non butti la lettera nel cestino come certamente è tentato di fare. "Ma con che faccia sostieni di non essere stato tu" mi direbbe indignato se le fossi di fronte, "con tutte le prove a tuo carico? Nell'appartamento c'eravate solo voi due, la tua ex fidanzata sostiene che quando ha lasciato l'appartamento tu e Libonati stavate ferocemente discutendo, non ha saputo dire su che cosa, Libonati è morto per una coltellata che gli ha spaccato il cuore, tu, quando sei stato arrestato, impugnavi ancora il coltello..." È tutto vero, signor Presidente, ma io, mi creda, non la sto prendendo in giro.

Cercherò di esporre con la maggiore chiarezza possibile come sono andati i fatti. Con Saverio siamo stati compagni di scuola e amici indivisibili dalle elementari all'università. Tutti e due ci siamo laureati in Filosofia con la stessa votazione, 110 e lode. Così come avevamo fatto negli anni universitari, anche dopo la laurea abbiamo continuato a condividere lo stesso appartamentino. Abbiamo contemporaneamente ottenuto la cattedra in due diversi licei della città. Del suo primo libro sono stato io a correggere le bozze. Lo stesso ha fatto lui per me. Quando mi sono fidanzato con Laura, Saverio si è trasferito nell'appartamento accanto al nostro, che si era fortunatamente reso libero. La convivenza è continuata. E quando Laura, dopo due anni, m'ha confidato d'essersi innamorata di Saverio, tutto quello che ha dovuto fare è stato spostare le sue cose nell'appartamento a fianco, senza che il ritmo della nostra vita in comune ne venisse minimamente alterato.

Forse lei non sa, signor Presidente, che le discussioni tra filosofi spesso e volentieri scadono al livello di quelle che in genere hanno i tifosi rivali di due squadre di calcio locali nel giorno del derby. Volano parole grosse, si viene alle mani. Le potrei portare esempi famosi. Il mite David Hume accusò Rousseau d'essere uno squilibrato, associandosi a Diderot che lo giudicava addirittura un mostro. E che dire di Wittgenstein, che arrivò a minacciare Popper con un attizzatoio? Saverio e io, da sempre, ci siamo trovati su posizioni diametralmente opposte. Prima ancora che di divergenze filosofiche si trattava di diversità caratteriali. Era forse questo il segreto della nostra amicizia. Perciò le discussioni tra me e Saverio spesso e volentieri degeneravano presto in vie di fatto. Ci prendevamo a cazzotti o ci rotolavamo per terra, avvinghiati. In quei momenti ci odiavamo, ma l'odio durava poco. Tornavamo più amici di prima. Era quasi una consuetudine, facevamo così già alle elementari. I primi tempi Laura ne rimaneva atterrita, anche perché era totalmente incapace di capire l'oggetto dei nostri diverbi. Come avrà avuto modo di notare, Laura, che ha fatto solo la scuola dell'obbligo e si nutre di romanzetti rosa, è uno splendido corpo senza cervello.

Quella sera avevamo cenato a casa mia. A tavola, il discorso tra me e Saverio cadde sul problema della doppia verità. E cominciammo ad accalorarci, bevendo più del solito. A un certo punto Laura, che voleva vedere non ricordo cosa in tv, ci cacciò via e noi due proseguimmo la discussione, che si era fatta più che accesa, in cucina. Poi Laura venne a dirci che se ne andava a letto, naturalmente nell'appartamento attiguo, quello di Saverio.

Sono costretto ad aprire una parentesi. Le devo chiarire, per sommi capi, che gli Scolastici latini chiamarono della "doppia verità" la dottrina di Averroè che distingue le verità di fede dalle verità di ragione. Per gli Scolastici, se una proposizione non poteva essere dimostrata con la ragione, doveva essere accettata lo stesso per fede. Lei può intuire quali e quante reazioni abbia potuto suscitare un'affermazione simile. Giovanni di Jandun arrivò a dichiarare che si può credere il contrario di ciò che è stato ampiamente dimostrato se così vuole la fede. Per cui lo stesso Giovanni di Jandun si permetteva di fare affermazioni assolutamente indimostrabili, impossibili a essere spiegate con la ragione, concludendo con una frase ironica: "E se tu invece lo sai dimostrare, me ne rallegro".

A un certo punto del nostro duello, perché di questo si trattava, di un duello feroce e senza esclusione di colpi, ci accorgemmo che il vino era finito. Neanche Saverio ne aveva. Era da poco trascorsa l'una, sarebbe stato impossibile andare a comprarlo. Forse commisi l'errore d'aprire una bottiglia di whisky.

Il duello riprese, più accanito di prima. Dopo un'ora e passa Saverio non reagì più alle mie argomentazioni, sembrava inseguisse un altro pensiero, balbettava. Mi convinsi che avesse bevuto troppo. Approfittai di quella tregua e andai in bagno. Quando tornai, trovai Saverio in piedi, rinfrancato, si era lavato la faccia nel lavandino, sorrideva.

«Prendi un coltello grosso» mi disse, «e tienilo forte a due mani.»

Io, volendo vedere dove andava a parare, feci come desiderava.

«Appòggiati con le spalle al muro» mi ordinò.

Ubbidii. Fu un attimo. Fece un balzo in avanti e m'abbracciò con violenza. Atterrito, sentii la lama penetrare nella sua carne. Poi, mentre cadeva, mi sussurrò, beffardo:

«Mi rallegrerò se tu invece lo saprai dimostrare.»

In quel momento Laura, che aveva le chiavi del mio appartamento, entrò.

La mia verità è questa, ed è indimostrabile. Io me ne rallegrerei se ci riuscisse, ma lei, come me, è nell'impossibilità di dimostrarla. E oltretutto non penso sia disposto a credere alle mie parole per pura fede. Perciò, meglio il silenzio.

Mi creda di lei devotissimo

Michele Stefani

Nota

So benissimo che esiste un film di Robert Bresson che in Italia è stato intitolato *Il diavolo probabilmente...* e non ho nessuna remora a confessare d'essermene in qualche modo impadronito perché è stato proprio quel titolo (il film non l'ho visto) a farmi venire l'idea di scrivere questi 33 brevi racconti.

33 perché è meglio avere a che fare con mezzo diavolo che con uno intero.

Non vorrei però che il diavolo, malgrado le precauzioni, si facesse vivo anche con questo mio libro.

Perciò dichiaro solennemente che si tratta di un'opera di pura fantasia e di conseguenza che tutte le situazioni sono inventate, così come i nomi e i cognomi dei personaggi. Se qualche personaggio è omonimo a persona esistente, si tratta di un caso, di una coincidenza assolutamente non voluta. Sono uno scrittore italiano e per forza di cose devo adoperare nomi e cognomi italiani.

a.c.